SABINE WACKERNAGEL

ABGEFAHREN UND MITGEHÖRT

EINE SCHAUSPIELERIN SPITZT DIE OHREN UND ZITIERT GEDICHTE

Die Welt
ist ein Buch,
und wer
nicht reist,
kennt
nur eine Seite

AUGUSTINUS

1. KAPITEL

SEHR GEEHRTE FAHRGÄSTE,
WIR ERREICHEN HEUTE
DEN BAHNHOF BASEL SBB MIT
EINER VERSPÄTUNG VON
37 MINUTEN.
GRUND IST EINE STÖRUNG
IM BETRIEBSABLAUF.

WIR BITTEN, DIES ZU
ENTSCHULDIGEN.

ICE 1576 / WAGEN 3 / SITZ 4 / KASSEL WILHELMSHÖHE –
BASEL SBB / 2 DEFEKTE TOILETTEN

— Natürlich entschuldige ich das. Auch wenn die Fahrt nach St. Gallen nun statt sieben wahrscheinlich neun Stunden dauern wird, aber wer weiß, was mich dort erwartet. Die Erkenntnis, ob es richtig war, so weit zu fahren, um dort eine Rolle zu spielen, die ich nie spielen wollte, kann ich auch noch eine Weile hinausschieben.

Vor einem halben Jahr stand ich auf dem Bahnhof Hannover nach der Vorstellung von „My fair Lady", wartete auf den verspäteten Zug nach Kassel und freute mich über den Anruf eines Regisseurs, mit dem ich vor längerer Zeit sehr schön zusammen gearbeitet hatte. „Hast du Lust in St. Gallen im ‚Tod eines Handlungsreisenden' die Linda zu spielen?"

„Oh nein!", habe ich gedacht, „oh nein!!" Warum passiert das immer nur mir, dass alle Regisseure, die ich gut finde, mich an solche Orte holen? Warum nicht nach Basel? Und dann auch noch für eine solche Rolle. Die Frau des Handlungsreisenden fand ich schon in dem Schlöndorff Film so deprimierend. Eigentlich habe ich von ihr nur noch die Szene in Erinnerung, in der sie das einzige Paar Seidenstrümpfe, das sie hat, mühsam stopft, während der brilliante Dustin Hoffman seine Geliebte mit einer ganzen Kollektion von Seidenstrümpfen umgarnt. Dann war ich auch noch in einer Vorstellung des Stückes in Stuttgart, in der mein Freund Elmar die Hauptrolle spielte. Die ganze Inszenierung war wie ein Karussel, das sich nur

um ihn drehte. Ich habe gerne zugeschaut, weil er wirklich gut war, aber als er anschließend meinte, dass die Linda ja auch eine tolle Rolle für mich gewesen wäre, dachte ich nur, welch ein Glück, dass ich nicht in Stuttgart engagiert bin. So kann man sich täuschen.

„Also, hättest du Lust?"

„Ja, also ... St. Gallen ... puh, das ist ja ganz schön weit weg ... und die Rolle ... ich weiß nicht ... aber natürlich, mit dir zu arbeiten wäre ja doch sehr schön, und ich freue mich, dass du an mich denkst ... und so ..."

Er hatte sofort verstanden, worum es ging und mir glaubwürdig versichert, dass die Linda quasi der Dreh- und Angelpunkt des Stückes wäre. An ihr hinge nicht nur die Existenz der ganzen Familie, sondern sie baute an der Scheinwelt des amerikanischen Traums mit, an der Lebenslüge ihres Mannes, die nicht nur ihn, sondern schließlich alle in den Abgrund führen würde. Das waren gute Stichworte für mich, wie für jeden Schauspieler: Schuld, Abgrund, der Kampf zwischen Schein und Sein. Also sagte ich zu,

ST. GALLEN?

obwohl ich damals schon langsam auf die 70 zu ging und auch während ich das schreibe ist die Zeit nicht stehen geblieben. Mir fällt immer der Ausruf von Zettel im Sommernachtstraum ein: „Lasst mich den Löwen auch noch spielen".

Außerdem: Ich liebe es doch unterwegs zu sein. Ich genieße es, wenn sich vor meinen Augen draußen die Landschaft langsam verändert, während in meinem Kopf sich berührende und spannende Dramen der Weltliteratur abspielen. Zu Hause hätte ich doch gar keine Zeit für Dostojewskis „Schuld und Sühne" oder gar „Joseph und seine Brüder" von Thomas Mann. Jonathan Franzens Romane haben mir schon die besten Einfälle für neue Programme geliefert. Und auf dem Weg in andere Städte kann ich einfach am besten meine Texte und Gedichte lernen. Falls mir das zu anstrengend wird, wende ich mich dem echten Leben zu und höre mir an, was die Leute um mich herum so zu sagen haben. Das ist manchmal ganz erstaunlich. ■

2. KAPITEL

WIR ERREICHEN DEN HAUPTBAHNHOF MÜNCHEN RECHTZEITIG.

ICE 881 / WAGEN 5 / SITZ 20 / KASSEL-WILHELMSHÖHE – MÜNCHEN HBF / KEIN KELLNER IM BORDRESTAURANT

LISA

„Hallo, hier ist Lisa. Ja. Du, ich wollte nur noch mal dran erinnern: alles was inner halben Stunde nicht da ist, wird nicht mehr gebraucht. Sag ihm das ... Was? ... Na, dem Markus natürlich, diesem Langweiler ... Wieso? ... Ist doch wahr! Schneckentempo ist gar kein Ausdruck für das, was der sich da leistet. Also, sag ihm, wenn ich sage sofort, dann heißt das sofort und nicht inner Stunde oder heute Abend. Ist das klar? Sofort heißt sofort. Der soll das eben scannen und hochladen. Subito. Jede Info, die später kommt, ist für die Presse nicht mehr brauchbar. Sag ihm das. Und die Texte bitte zielgenau ... Ja! ... Persönliche Anmerkung von mir, kannste ruhig hinzufügen! Dieses schwammige Geschwafel, das der da manchmal abliefert, das will ich nicht mehr sehen ... Bitte? ... Na hör mal! Den muss man zur Sau machen, sonst kapiert der das nicht. Wenn der mir das noch mal verbockt, dann hat das Konsequenzen. Ich hab die Schnauze voll von diesem Versager. Echt ... Ja, ich bin im Zug ... Nee, ich bin überhaupt nicht nervös, mich kotzt das nur allmählich an. Sag ihm das! Tschüß."

Großartig. Die Frau hat Power, ihre Energie steckt mich richtig an. Eigentlich wollte ich erst mal gemütlich Zeitung lesen, aber mir wird klar, wenn ich weiter so meine Zeit verplempere, dann wird das heute nichts mehr. Also an die Arbeit. Subito. Und zwar zielgenau! Gestern habe ich in Luzern „Goethes dicke Hälfte" gespielt, morgen stehen in Ingolstadt „Raben- und andere Mütter" auf dem Programm. Da heißt es konzentriert umlernen, Texte sortieren, Requisitenliste abhaken, Einkaufszettel schreiben, neue Brille kaufen, Jägermeister, Pralinen. Das, was Mütter eben so brauchen.

Ich packe Text-, Notiz- und Tagebücher aus, bestelle schnell noch einen Cappuccino, da piepst eine Kinderstimme: „Hallo Mami, hallo Mami, hallo Mami". – Was für ein Glückstag! Ich kann meine „Büroarbeit" noch mal verschieben und das nächste spannende Gespräch mithören. Der originelle „Klingelton" gibt sogar gleich das Thema vor. Also notiere ich sofort, soweit ich bei ihrem Tempo einigermaßen mitkomme, in mein Tagebuch den Non Stop-Monolog einer verzweifelten Mutter und empörten Ehefrau. Sie ist wahrscheinlich Ende dreißig, gertenschlank, hat eine blonde Kurzhaarfrisur, trägt ein blassgrünes Jackett über einer weißen Bluse, knitterfreie schwarze Hosen und beneidenswert hohe Schuhe.

DAGMAR

„Na endlich! Richard! Wird Zeit, dass du dich meldest. Ich hab schon x-mal auf deine Mailbox gesprochen. Wieso rufst du denn vom Kindertelefon an? ... Was? ... Ach, egal, weißt du. Ich bin wirklich enttäuscht. Wirklich! Da fahr ich einmal zwei Tage lang weg, ausnahmsweise nur für mich ... und du kriegst es nicht gebacken ... Was? ... Allerdings ausnahmsweise! Ja! ... Tu doch nicht so gönnerhaft, du bist schließlich andauernd weg! ... Ach komm! Das will ich jetzt überhaupt nicht diskutieren. Ich stelle nur fest, dass du es nicht gebacken kriegst. Du kannst doch die Kinder nicht den ganzen Tag in der Wohnung lassen, die bekommen ja einen Lagerkoller ... Einen Lagerkoller!! ... Nein! Ich übertreibe nicht! Gib mir mal den Leo. Was heißt, er will nicht? Du hast die Kinder einfach nicht im Griff ... Wie? ... Wieso martialisch? ... Denen geht es prima?? Ja, ha ha, das glaube ich gerne! Wahrscheinlich hast du sie wieder an dein Tablet rangelassen, und die schauen sich irgend so einen Scheiß an, und dir ist das einfach egal. Hauptsache du musst nicht mit ihnen raus. Ruf doch die Melanie an, dann kann die mit den Kindern wenigstens mal nach Eppendorf ... Also wirklich, ich fass es nicht, ich hab das doch so gut organisiert, und was machst du überhaupt?? Wahrscheinlich lernst du wieder den SPIEGEL auswendig, anstatt dich mal eine halbe Stunde mit deinen Kindern zu befassen. Und was habt ihr gegessen? ... Was?? Ich habe dir doch einen Zettel

hingelegt, dass im Kühlschrank Gemüselasagne ist. Hättest du nur aufwärmen müssen. Wie – nicht gefunden? Sag mal, das darf doch nicht wahr sein! Ich will nicht, dass die Kinder mit dieser Asia Stübchen-Glutamat-Kacke vollgestopft werden! Wir waren uns doch einig, dass bei uns sowas nicht auf den Tisch kommt. Das macht mich richtig fertig, dass du immer so inkonsequent bist! ... Doch bist du. Verantwortung übernehmen bei den Kindern, das ist nicht dein Ding. Nee, nee! Da müsstest du dich nämlich unbeliebt machen und mal Nein sagen. Das kannst du ja wunderbar mir überlassen. Also ich bin richtig enttäuscht. Was? ... Ach hör doch auf, ich ... Und sag mal, hast du den Nachhilfe-Heini angerufen? Der hätte doch gestern kommen sollen ... Du wolltest da doch nachfragen, mein Gott. Ich hab dir doch gesagt, ich komm da nicht mehr dazu! Das darf doch nicht wahr sein! Mach das bitte gleich! Wenn der so unzuverlässig ist, dann war der das letzte Mal da! Die Leute stehen Schlange für so nen Job ... Ja, also bitte, ruf den gleich an und ... Hallo? Hallo? ... Ja, da war gerade ein Loch ... bitte mach heute Abend einen anständigen Salat ... Verdammt noch mal, hörst du mich noch? ... Hallo?? ... Also, nee wirklich, manchmal könnte ich durchdrehen!"

Schade, da war wohl ein Funkloch. Oder hat er einfach aufgelegt? Ich verstehe sie ja, sie muss verzweifelt sein. Wenn sie mir nicht so unsympathisch wäre in ihrer schneidigen Makellosigkeit, dann müsste ich ihr glattweg in jedem Punkt recht geben. Der Mann scheint ein ziemlicher Schlaffi zu sein. Auf jeden Fall ist er ein Feigling, aber vielleicht viel liebenswürdiger als sie. Bestimmt hat er gelogen und die Gemüselasagne sehr wohl entdeckt, aber wahrscheinlich hatten er und die Kinder keine Lust sie zu essen. Vielleicht lieben sie Geschmacksverstärker und sind froh, wenn sie endlich mal essen können, was ihnen schmeckt. Ich stelle mir vor, wie gemütlich sie es sich gerade machen. Sie kuscheln alle zusammen auf dem Sofa, dem cremefarbenen, auf dem man in keinem Fall mit irgendwelchem Gebäck oder gar Kakaotassen in der Hand sitzen darf. Sie essen gebratene Nudeln ohne Gemüse, danach Schokoladeneis, dazu gibt's Cola und im DVD-Player alle drei Folgen von „Ice Age", die sie so lange anschauen, bis sie vor dem Fernseher einschlafen und deshalb ohne Zähneputzen ins Bett gehen.

Dagmar würde übrigens sehr gut in mein Programm „Raben- und andere Mütter" passen. Sie steht für die „anderen" Mütter, natürlich, die organisierten, gut strukturierten und rundum perfekten! Aber wie gesagt, im Grunde bin ich nur eifersüchtig auf ihre makellose Figur, das wunderschöne Make-up und die tollen Schuhe.

In stiller Nacht und monogamen Betten
denkst du dir aus, was dir am Leben fehlt.
Die Nerven knistern, wenn wir das doch
hätten,
was uns, weil es nicht da ist, leise quält.
Du präparierst dir im Gedankengange
das, was du willst,
und nachher kriegst du's nie ...
Man möchte immer eine große Lange
und dann bekommt man eine kleine Dicke –
C'est la vie –!

[...]

Man möchte eine helle Pfeife kaufen
und kauft die dunkle, andre sind nicht da.
Man möchte jeden Morgen dauerlaufen
und tut es nicht, beinah ... beinah ...
Wir dachten unter kaiserlichem Zwange
an eine Republik – und nun ist's die!
Man möchte immer eine große Lange
und dann bekommt man eine kleine Dicke –
Ssälawih –!

THEOBALD TIGER

Im Großraumwagen ist es wieder still. Ich schlage mein Textbuch auf, fange endlich an zu lernen, stelle fest, ich kann ja noch alles und schlafe friedlich ein. Ich träume, ich bin auf dem Weg zur Vorstellung, weiß aber nicht, in welche Stadt ich muss und wie das Theater heißt. „Die Box"? Oder „Forum 2"? Oder ist es einfach der Gemeindesaal der evangelischen Kirche?

„Das nervt! Das nervt!", brüllt jemand direkt neben mir. Oh Gott, habe ich geschnarcht? Blitzartig sitze ich kerzengerade. Da sehe ich auf der anderen Seite des Gangs einen Mann, das Handy zwischen Ohr und Schulter geklemmt, seinen Laptop wütend auf den Klapptisch packen. Er meint also nicht mich, stelle ich erleichtert fest und freue mich schon auf die ausführliche Beschreibung dessen, was ihn so furchtbar nervt. Er ist ziemlich massig, aber blass, fast ein wenig gelblich. Seine braune Lederjacke ist ein bisschen zu rockig für den Bauch.

HEINZ

„Du, weisste was? Bei dir isse ja immer ganz normal, aber bei mir heult se ständig ins Telefon. Und des kotzt mich an, des kannste mir glauben. Des kotzt mich an! ... Ja ... Was? ... Nee! Nee! Hör mal: sie hat ein Problem und des macht sie zu meinem! ... Genau! Und des kotzt mich einfach an ... Was? ... Was? ... Du, des gibt's doch nich, ich glaub, ich spinn! Zu mir sagt se, sie hat kein Geld mehr und ich sag ihr: ‚Nicole', sag ich, ‚Nicole, überleg mal, wo das ganze Geld hin is!' Ich hab ihr ja was überwiesen, weisste! 200 Euro hab ich ihr überwiesen! Und ich sag ihr: ‚Nicole, überleg mal, des is nich nix!' Und sie heult und sagt: ‚Ja, aber ich musste mir halt mal einen neuen Rock kaufen!' Stell dir das mal vor! Und ich sag: ‚Ja, ja, in Ordnung, aber ein Rock kostet nicht 200 Euro!!' ... Was? ... Ach so, nee! Ich hab ihr schon gesagt, dass ich dir des erzählt habe, den ganzen Scheiß bei der Arbeit und so ... Ja, ja, des kann schon sein ... vielleicht will das Arschloch sie ja mal in ner andern Filiale einsetzen, des kann schon sein ... Aber diese ewige Heulerei. Mich zieht des einfach runter. Ich sag ihr immer wieder: ‚Nicole', sag ich, ‚Nicole, des geht nich, ich bin gut drauf und dann rufst du mich an und ziehst mich einfach runter.' Des kotzt mich an. Also wirklich. ‚Nicole', sag ich, ‚des musst du

mal kapiern. Mich zieht das runter!'
Und, weisste, sie hat mich ja angerufen, das nervt einfach. Das nervt mich so total! Ich mach das bald nich mehr länger mit! Was glaubt die eigentlich, wer sie is? Dieses andauernde Gejammere!"

Er spricht jetzt leiser.

„Wenn se wenigstens im Bett ne Granate wäre, aber ... Ja, ja ... ha ha ha ... das hat mir der Rudi auch erzählt ... ha ha."

Arme Nicole! Hoffentlich schmeißt sie den Typen raus bevor er sie zum Teufel jagt oder sie an Rudi zurück gibt. Aber, na ja, vielleicht ist sie ja doch auch ein Luder ... Oder es ist ganz anders: sie findet ihn schon lange öde, womöglich noch trostloser als den langweiligen Rudi. Das Einzige, was sie an den beiden Herren noch interessiert ist, dass sie da ab und an mal ein bisschen Kohle rausholen kann. Wer von diesem Trio nun wirklich eine Granate ist, kann ich natürlich nach diesem einseitigen Gespräch auch nicht so richtig beurteilen.

Wenn wir uns gedankenlos getrunken haben
aus einem langen Sommerabend
in eine kurze heiße Nacht
wenn die Vögel dann früh
davonjagen aus gedämpften Färbungen
in den hellen tönenden frischgespannten Himmel

wenn ich dann über mir in den Lüften
weit und feierlich mich dehne
in den mächtigen Armen meiner Toccata

wenn du dann neben mir im Bett
deinen ausladenden Klangkörper bewegst
dich dumpf aufrichtest und zur Tür gehst

und wenn ich dann im ersten Licht
deinen fetten Arsch sehe
deinen Arsch
verstehst du
deinen trüben verstimmten ausgeleierten Arsch
dann weiß ich wieder
daß ich dich nicht liebe
wirklich
daß ich dich einfach nicht liebe.

KARIN KIWUS

3. KAPITEL

IN WENIGEN MINUTEN

ERREICHEN WIR BRAUNSCHWEIG. REISENDE NACH WOLFSBURG STEIGEN BITTE IN DIE REGIONALBAHN UM.

ICE 370 / WAGEN 3 / SITZ 5 / KASSEL WILHELMSHÖHE – BERLIN HBF / 10 LEERE SITZE

—— Bin ich froh, dass ich nicht nach Wolfsburg muss.

Heute habe ich sogar einen Vierertisch für mich und es sieht angenehm überschaubar aus – keine Gefahr, dass sich jemand zu mir setzt. Mit gutem Gewissen kann ich meine Bücher, Thermoskanne, Äpfel, Briefmappe und Notizhefte um mich herum aufbauen. Dazu bekomme ich Bio-Kräuterbonbons angeboten. „Echte Lutschkultur" steht auf der Packung. Na bitte. Ja, ich sitze in der 1. Klasse und genieße hemmungslos meine BahnCard 100 First. Allen Freunden, denen ich meinen Luxus „gestehe", erkläre ich mit schlechtem Gewissen: „Die 1. Klasse ist mein Arbeitszimmer" mit Betonung auf Arbeit. Mein Herz schlägt halt immer noch links. Der Zug ist nicht sehr voll, ich könnte sogar ein eigenes Abteil suchen, aber da gäbe es nichts zum Mithören. Ich müsste wirklich arbeiten und meine Neugier käme nicht auf ihre Kosten.

Heute kann ich Oma Ilse genießen. Ich glaube, sie trägt ein Hörgerät, denn sie ist noch lauter als der schlecht gelaunte Heinz vor ein paar Tagen.

ILSE

„Hallo, Trudi? Ja, ich bin's. Die Ilse. Da wunderste dich, was? Ja, du, ich hab jetzt ein Seniorenhandy. Mein Enkel hat mir das geschenkt. Oma, hat er gesagt, das ist ganz leicht zu bedienen, kinderleicht quasi. Ha ha, der denkt immer, ich wär schon ein bisschen dement, aber es ist praktisch, wenn mal was ist. Also, ich find's prima, man hat gleich viel mehr Kontakte ... Genau. Du, ich bin gerade im Zug nach Berlin, die Hilde hat doch ihren Achtzigsten. Und jetzt ist es hier drinnen grad so schön still, da dachte ich, ruf ich mal die Trudi an. Weißte, ich war gestern bei der Anneliese. Die hat gerade seit Wochen ihre Schwiegertochter zu Hause hocken, weil der ihre Wohnung renoviert wird. Die kriegt doch jetzt mit 43 noch ein Kind! Ihr erstes! ... Ja! Ja, Annelieses Sohn hat ja erst mit 55 geheiratet ... Ja! Ich find's ja auch ... also ich weiß nicht. Sie ist jetzt jedenfalls im 8. Monat und führt sich auf!! Das kannst du dir nicht vorstellen!

Die rührt quasi keinen Finger im Haushalt. Die Anneliese war gestern ein paar Stunden weg, beim Arzt und bei der Fußpflege und so. Und als sie nach Hause kam, da ist diese Dame noch genauso auf dem Sofa gelegen wie vorher!

Nicht mal die Spülmaschine hat sie ausgeräumt. Angeblich kann sie sich nicht bücken! Also, ich habe gesagt, ‚Anneliese', hab ich gesagt, ‚das darfst du dir nicht gefallen lassen! In deinem Alter! Überleg dir mal, was wir früher durchgemacht haben! Du mit deinen drei Kindern und ich mit meinen fünfen. Beim letzten, da hab ich ja quasi noch während der Geburt vorgekocht.' ... Ja genau!! Und du hast doch auch alle daheim gekriegt. Na ja, damals hat es ja auch noch Geld gegeben für eine Hausgeburt. Das habe ich mir schließlich nicht entgehen lassen. Und weißt du noch? Für's Stillen hat man jeden Tag eine Mark bekommen. Ja!! Ha ha ha! Das glaubt man heute gar nicht mehr! War aber auch richtig so. Sie haben allerdings sehr streng kontrolliert! Ja! Das weiß ich noch! Es waren eben ganz andere Zeiten. Ich sage dir: dieser feinen Schwiegertochter, der täte ich den Marsch blasen. Wenn sie so empfindlich ist, dann soll sie es doch bleiben lassen. Nachher kümmern sich diese

Damen ja sowieso nur noch um ihre Karriere und stopfen die Kinder schon mit drei Wochen in die Kita. Ja! Da haben sie schließlich einen ‚gesetzlichen Anspruch drauf' – also, wenn ich das schon höre! Gesetzlicher Anspruch! Lauter solche Sprüche. Doppelbelastung! Auch sowas! Als ob wir damals mit fünf Kindern und Haus bauen und Näharbeiten und Auto abbezahlen auf der faulen Haut hätten liegen können. Heutzutage machen sie doch alle naselang Wellness-Urlaube, und nach dem Büro gehen sie doch erstmal zum Yoga, und dann lassen sie die Oma das Kind vom Kindergarten abholen. Ist doch wahr ...

Wie bitte? ... Nein, nein, bei uns in der Familie ist es nicht so schlimm, aber ich sehe es doch immer in der Nachbarschaft! Wie bitte? ... Du, ich glaube, ich mach lieber Schluss, da vor mir dreht sich einer immer nach mir um, macht Zeichen und schaut so griesgrämig. Ist ja schon gut. Meine Güte! Also bis später mal. Nett, dass ich mal wieder von dir gehört habe ... Ja, mach's gut!"

Ja, du meine Güte! Manche Leute haben halt keinen Humor. Oder keine Schwiegertöchter. So isses halt. Wobei ich mit meinen Schwiegertöchtern gar nicht solche Probleme habe, bilde ich mir jedenfalls ein. Vielleicht haben die aber Probleme mit mir, finden mich besserwisserisch, rechthaberisch und nicht liebevoll, zumindest nicht zuverlässig genug. Ja, das könnte der Knackpunkt sein, denn allzu oft bin ich nicht da, wenn sie mich brauchen könnten, wenn alle krank sind, wenn die Kita streikt, der Mann (der zu allem Unglück mein Sohn ist) arbeitet, wenn sämtliche Babysitter ausfallen. Wo ist dann Oma Sabine? Die hat keine Zeit für ihre Enkel, sie sitzt im Zug, weil sie unbedingt in irgendeinem Kaff ihr „Rabenmütter"-Stück spielen und sich mit Gedichten von Erich Kästner beim Publikum beliebt machen will. ■

Mein Sohn schreibt mir so gut wie gar nicht mehr.
Das heißt, zu Ostern hat er mir geschrieben.
Er denke gern an mich zurück, schrieb er,
und würde mich, wie stets von Herzen lieben.

Das letzte Mal, als wir uns beide sahn,
das war genau vor zweidreiviertel Jahren.
Ich stehe manchmal an der Eisenbahn,
wenn Züge nach Berlin – dort wohnt er – fahren.

[...]

Seit einem Jahr, da hat er eine Braut.
Das Bild von ihr will er schon lange schicken.
Ob er mich kommen lässt, wenn man sie traut?
Ich würde ihnen gern ein Kissen sticken.

Man weiß nur nicht, ob ihr sowas gefällt ...
Ob sie ihn wohl, wie er's verdiente, liebt?
Mir ist manchmal so einzeln auf der Welt.
Ob es auch zärtlichere Söhne gibt?

Wie war das schön, als wir zusammen waren!
Im gleichen Haus ... Und in der gleichen Stadt ...
Nachts lieg ich wach und hör die Züge fahren.
Ob er noch immer seinen Husten hat?

Ich hab von ihm noch ein paar Kinderschuhe.
Nun ist er groß und lässt mich so allein.
Ich sitze still und habe keine Ruhe.
Am besten wär's, die Kinder blieben klein.

ERICH KÄSTNER

4. KAPITEL

SEHR GEEHRTE FAHRGÄSTE, WEGEN EINER STÖRUNG DER OBERLEITUNG KÖNNEN WIR UNSERE FAHRT IM MOMENT NICHT FORTSETZEN. WIR BITTEN UM ENTSCHULDIGUNG.

ICE 73 / WAGEN 9 / SITZ 2 / KASSEL WILHELMSHÖHE – BADEN-BADEN / 3 MITREISENDE KATZEN

— Wie gut, dass ich meinen Vorstellungstermin, in weiser Voraussicht, nicht auf den heutigen Abend, sondern auf morgen gelegt habe. Erstens, weil ich vor mir selbst mein Versprechen wahr machen wollte, es allmählich mal „ruhiger anzugehen" und zweitens, weil ich die Reisen so viel mehr genießen kann. Ein Gastspiel in Konstanz, zum Beispiel, bedeutet für mich jedesmal die schönsten Spaziergänge am Bodensee. Es bedeutet ausgiebiges Stöbern in Boutiquen und Buchläden, die wegen des Feriengefühles viel interessanter als zu Hause sind und gemütliches Sitzen in hübschen Cafés und Restaurants. Daher bin ich ganz friedlich und bereit, die deutsche Bahn zu entschuldigen, obwohl diese ominöse Störung an der Oberleitung doch ziemlich häufig vorkommt und es zudem heute noch besonders voll und auch noch die schrecklich heiß ist. Anscheinend ist auch die Klimaanlage durch die Störung der Oberleitung

in Mitleidenschaft gezogen worden. Die Dame vor mir ist nicht so geduldig wie ich, sondern geradezu auf Krawall gebürstet. Eben bekam sie einen Salat mit Putenbruststreifen und einen Piccolo an ihren Platz gebracht. Trotzdem „reicht es" ihr jetzt!

> „Was muss man sich eigentlich noch alles gefallen lassen?",

schnauzt sie den servierenden Zugbegleiter an.

> „Man erstickt fast in dieser Hitze, die Gänge sind so voll, dass man kaum durchkommt, das ist hier ja wie im Krieg!"

Der Kellner und ich, wir sind beide ziemlich baff über diese Behauptung. Er murmelt sowas wie: „Es tut mir wirklich leid ...", aber sie erwartet gar keine Antwort, sondern macht sich wütend über die Putenbrust her.

Wir sitzen alle im gleichen Zug
und reisen quer durch die Zeit.
Wir sehen hinaus. Wir sahen genug.
Wir fahren alle im gleichen Zug
Und keiner weiß, wie weit.

Ein Nachbar schläft ein andrer klagt;
ein dritter redet viel.
Stationen werden angesagt.
Der Zug, der durch die Jahre jagt,
kommt niemals an sein Ziel.

Wir packen aus, wir packen ein.
Wir finden keinen Sinn.
Wo werden wir wohl morgen sein?

Der Schaffner schaut zur Tür herein
und lächelt vor sich hin.

Auch er weiß nicht, wohin er will,
er schweigt und geht hinaus.
Da heult die Zugsirene schrill.
Die Toten steigen aus.

[...]

Wir reisen alle im gleichen Zug
zur Gegenwart in spe.
Wir sehen hinaus. Wir sahen genug.
Wir sitzen alle im gleichen Zug
und viele im falschen Coupé.

ERICH KÄSTNER

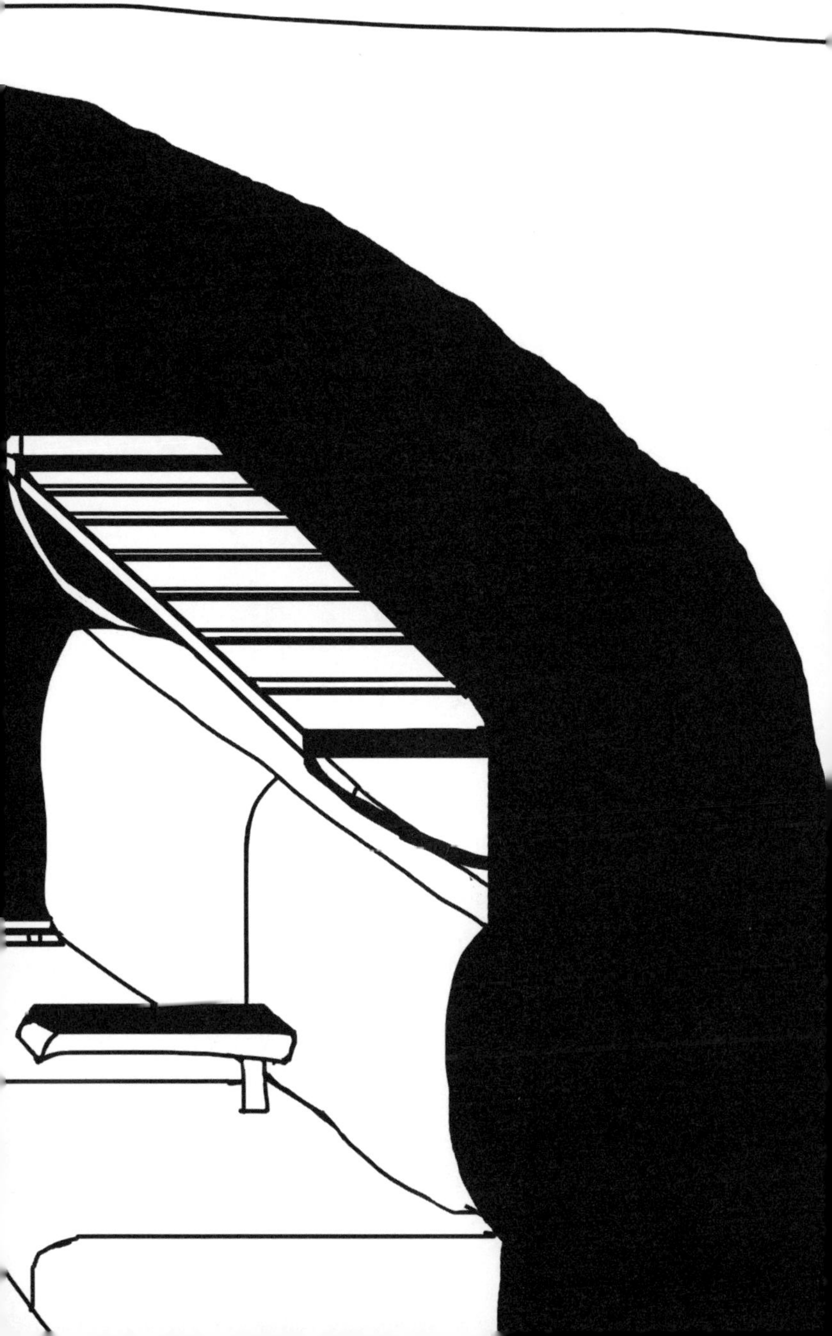

5. KAPITEL

SEHR GEEHRTE FAHRGÄSTE, WIR FREUEN UNS, IHNEN MITTEILEN ZU KÖNNEN, DASS WIR HEUTE MIT EINEM VOLLSTÄNDIG FUNKTIONS-FÄHIGEN ZUG UNTERWEGS SIND.

ICE 789 / WAGEN 9 / SITZ 18 / KASSEL WILHELMSHÖHE – MÜNCHEN HBF / 1 HEIMLICHER RAUCHER AUF DEM KLO

—— Eine Woche später sitze ich im Bordrestaurant, weil ich beim Einsteigen nicht schnell genug an „meinem" Bahn Comfort-Zweiertisch war. Der junge, gutaussehende Mann mit Laptop und Tablet war cleverer als ich und hat sich einfach vorgedrängt. Ausgerechnet heute hatte ich mich schon auf's Frühstück gefreut, und das geht nicht am Einzelklapptisch, wenn man essen und trinken und lesen und schreiben will. Also gehe ich ins Bistro. Auf der anderen Seite sitzt ein älterer Herr, der anscheinend schon seit Jahren nicht mehr Zug gefahren ist.

EIN BAYER

„Ja, sagen's mal, Herr Ober, kann ma denn jetzt hier gar nirgends mehr rauchen? Früher hat's doch immer den Raucherwagen gebn, oder im IC des Bistro? Jessas, dass des schon so lang her is! Des hätt i net denkt. Naja, des Rauchen ... Wissen's, mei Frau, also mei verstorbene Frau, die hat von einem Tag auf den andern aufg'hört damit, ein Jahr lang hat's nimmer g'raucht und dann is bei ihr Kehlkopfkrebs festgestellt worden. Ja, ja, früher hammer immer gsagt: Alkohol und Nikotin rafft die halbe Menschheit hin, aber ohne Alkohol und Rauch, stirbt die andre Hälfte auch. Ha ha ha ... Ja, es is halt a Kreiz. Jetzt ess mer erst amal was. Was gibt's denn? Ach so, hier liegt ja die Karte, also schaumer mal: Eintopf. Mit Bohnen. Aha. Chili. So so. Ich ess schon gern mal einen Eintopf, er darf halt nicht zu scharf sein ... Also, Sie meinen, der hätt nur eine leichte Schärfe. Ach so ja, da steht's ja: feine Schärfe. Ja dann nemmer mer des. Und ein Weizen."

Jetzt hat er mich entdeckt.

„Soso, was schreiben Sie denn da so fleißig, junge Frau? Sind sie Schriftstellerin?"

„Nein, es sind nur ein paar Notizen im Tagebuch."

„Aha! Ja, ja, wenn einer eine Reise tut, da kann er was erleben, sag ich immer, aber, dass ma heutzutage nirgends mehr rauchen darf, des is schon ein starkes Stück. Na ja, solang mir mei Bier net verboten wird ... ha ha ha ... ja mei ... ohne Alkohol und Rauch stirbt der

> Mensch halt auch, sag i immer, glauben's mer das, junge Frau".

Ich glaube es ihm.

Nach dem Frühstück finde ich einen guten Platz, zwei Wagen weiter. Da ich, wie immer, ziemlich bepackt bin, bleibe ich jedesmal stehen und rücke ein bisschen ein, wenn mir jemand entgegenkommt. Eigentlich normal und nicht der Rede wert, wenn ich nicht immer die deprimierende Erfahrung machen müsste, dass kaum einer beim Vorbeigehen danke sagt. Am ehesten das Servicepersonal, dessen Job es ist, höflich zu sein. Manchmal, ganz selten, eine junge Frau. Neulich sogar ein Kind. Aber ältere Damen und alle Männer, alte und junge, finden es selbstverständlich, dass ihnen der Vortritt gelassen wird. „Vielen Dank!" murmle ich, natürlich viel zu leise, und dann, endlich am Platz, trage ich erst mal Pappbecher, Plastikflaschen und leergefressene Gummibärchentüten zu den Mülleimern. Meine schlechte Laune wächst, während ich mich an dicken Koffern im Gang vorbeischlängele und versuche möglichst nicht zu stolpern, anstatt mich einfach mal, dick und fett, auf so einen Egoisten oder so eine 1. Klasse-Reisende fallen zu lassen.

Da passt es ja wunderbar, dass ich an den Sorgen des smarten Herrn vor mir ausführlich teilnehmen kann.

HAUKE

„Hallo? Helene! So ein Glück, dass ich dich erreiche. Ja, hier ist Hauke ... Wie, lange nichts gehört? ... Sehr lange? ... Naja, du, sei mir nicht böse, ich hab so viel um die Ohren, das glaubst du nicht! Deswegen ruf ich ja auch an. Ich bin gerade auf dem Weg zu meiner Mutter. Es ist eine Katastrophe. Eine Katastrophe! Wir ham ja gedacht, wir kriegen das hin mit der Polin ... hab ich dir doch erzählt: es ist jetzt immer eine Polin bei ihr, immer zwei Monate, dann wird sie ausgewechselt. Die muss dann zurück, sonst wird das mit der Versicherung zu teuer ... Mmhm und dann machts ne andere, bis wieder zwei Monate rum sind, usw. Das klappt eigentlich hervorragend ... Doch, doch! ... Nee, überhaupt nicht unpersönlich! Die Polinnen sind ja sehr umgänglich. Außerdem merkt meine Mutter doch gar nicht den Unterschied. Es wird sowieso immer schlimmer mit ihr. Mir graust's jetzt schon wieder. Vor nem Jahr konnte man noch mit ihr spazieren gehen, naja, eher schleichen ... aber trotzdem ... Jetzt humpelt sie dermaßen, dass man kaum noch vorwärts kommt! Und ich brauch doch Bewegung! Mich macht das wahnsinnig dieses Rumgestehe! Und zu reden gibt's ja auch nichts! Tausend mal dieselben Geschichten! Ich sag dir, wenn das losgeht, dass die mich nicht mehr richtig erkennt, dann lass ich das mit der Besucherei, das kostet mich viel zu viel Zeit! Und Geld! ... Was? Na ja, die Fahrerei wird mir einfach zu teuer ... Du lieber Gott, nee, Flixbus, soweit kommt's noch! In so einen Billigbus setz ich mich auf keinen Fall! Außerdem dauert es dann noch länger! ... Was? Also, beim besten Willen, um Schnäppchenpreise kann ich mich nicht auch noch kümmern! In unserem Betrieb kann man nichts vorplanen, du hast ja keine Ahnung, wie viele Idioten bei uns

rumlaufen. Ich muss jederzeit erreichbar sein, sonst läuft da gar nichts. Alles hängt an mir. Ich bin manchmal nahe am Kollaps. Das kannste mir glauben. Und dann dieser Stress mit meiner Mutter ... Ich muss einfach diese Hausbesuche langsam abbauen. Schließlich kriegt diese Polin ein Heidengeld von uns, da muss ich mich nicht auch noch kaputt machen! ... Nee, weißte, ich bin einfach erschöpft! Und ich wollte dich fragen ... hallo!? Hallo? Hörst du mich noch? Ich dachte schon, du hättest aufgelegt ... ich wollte dich nämlich fragen, ob du nicht einfach mal bei ihr vorbei schauen könntest. Du kennst sie ja noch, und du wohnst doch fast in der Nachbarschaft ... Also nur so zwei, drei Mal in der Woche ne Stunde, weil ... äh ... die Polin meint, sie hätte Anspruch auf Freistunden und ... hallo? Mensch, was ist denn da los, hier ist doch kein Tunnel oder so ... Ich glaub, die hat wirklich aufgelegt ... So ein egoistisches Biest – aber so war sie immer schon!"

Es gibt nichts Gutes,
außer man tut es.

ERICH KÄSTNER

6. KAPITEL

SEHR GEEHRTE FAHRGÄSTE, WIR ERREICHEN OFFENBURG MIT 10 MINUTEN VERSPÄTUNG.

DER GRUND IST, DASS EIN PAAR KINDER DER MEINUNG WAREN, SIE DÜRFTEN SPASSESHALBER IHREM DRINGENDEN BEDÜRFNIS NACHGEHEN UND AUF DEM PUFFER DES VOR UNS LIEGENDEN REGIONALEXPRESS HERUMTURNEN.

WIR BITTEN UM ENTSCHULDIGUNG.

ICE 375 / WAGEN 15 / SITZ 52 / KASSEL-WILHELMSHÖHE – OFFENBURG HBF / 3 SITZNACHBARN

— Ich bin begeistert. So eine gewählte Ansage habe ich noch nie gehört. Hatte der Zugbegleiter das „dringende Bedürfnis", seine eintönigen Texte endlich mal auszuschmücken? Oder musste er seine Wut unterdrücken und hat diese seltsamen Worte gewählt, um nicht lospoltern zu müssen:

„Sehr geehrte Fahrgäste, wir haben wieder mal Verspätung, weil ein paar schlecht erzogene Rotzlöffel, denen man rechts und links eine runterhauen sollte, im Bahnhof vor uns hirnrissige Turnübungen veranstalten."

Oder er wollte einfach nur besonders höflich sein, um uns und ihm den Alltag zu erleichtern.

Dabei fällt mir die einzigartige Begegnung mit einem sehr netten Zugbegleiter auf dem Weg nach Gießen ein, der auch so redselig war und zunächst jeden, der ihm die Fahrkarte zeigte damit überraschte, ihn „Herzlich willkommen" zu heißen:

> „Schön, dass Sie da sind." und „Schön, dass Sie bei uns sind!"

Er sagte das mindestens zehn mal hintereinander. Bei Karten, die auf einen Namen ausgestellt waren, sprach er die Person mit dem Namen an:

> „Ich wünsche Ihnen eine gute Fahrt, Señora Lopez. Beehren Sie uns bald wieder."

Wenige Minuten später stand er vor meinem Tisch.

> Ich freue mich, dass Sie da sind, Frau Wackernagel-Grosch! Alles Gute und einen schönen Abend wünsche ich Ihnen."

Ich war baff und schaffte es gerade noch, ihm gleichfalls alles Gute zu wünschen. Dann beobachtete ich die anderen Fahrgäste, sie waren ebenso überrascht wie ich und auch geschmeichelt. Manchen gelang es erst hinterher ein „Danke" und „Ihnen auch" zu murmeln. Ich lief ihm nach und sah, dass er im nächsten Wagen variierte:

> „So, meine Herrschaften! Ich hätt' gern was von Ihnen. Na, was hammer denn da? Aha, sieht gut aus. Eine schöne Karte. Eine Zeitkarte. Wissen Sie, dass es inzwischen Tausende von Zeitkarten gibt? Ja, ja, mindestens Tausende von verschiedenen Zeitkarten. Das kann sich nur jemand ausdenken, der lange studiert hat. Ja, ja, lachen Sie nur, ich sag immer: Theorie und Praxis, genau: Praxis und Theorie. So, was hammer denn da: Dankeschön, mein Herr, dankeschön meine Dame. Sieht gut aus Ihre Karte. Ja, ich kenn mich aus. Wissen Sie, wie lang ich schon dabei bin? Übernächstes Jahr, da gehe ich in Rente, dann waren's

> 45 Berufsjahre. Und was glauben Sie, was ich als Rente kriege? 945 Euro und 40 Cent. Für 45 Berufsjahre. Und dann habe ich noch eine Zusatzrente, die bringt 430 Euro. Na ja, Humor ist, wenn man trotzdem lacht, sag ich immer. Angenehme Fahrt, wünsch ich Ihnen ... So, was hammer denn da ...?"

Tatsächlich ist diese Erinnerung an den netten Schaffner schon ein paar Jahre alt (wie übrigens auch meine Gewohnheit, möglichst viel von dem, was ich höre und wahrnehme, aufzuschreiben). Ich bin mir nämlich nicht sicher, ob es Zeitkarten, außer der BahnCard, überhaupt noch gibt. So liebenswürdige Zugbegleiter, die gibt es aber glücklicherweise immer wieder.

7. KAPITEL

SEHR GEEHRTE FAHRGÄSTE, WIR ERREICHEN FREIBURG MIT EINER VERSPÄTUNG VON

13 MINUTEN.

WIR WERDEN SIE BALDMÖGLICHST INFORMIEREN, OB SIE DIE DORTIGEN ANSCHLÜSSE ERREICHEN WERDEN.

ICE 77 / WAGEN 2 / SITZ 20 / BERLIN HBF – BASEL SBB / GESCHWINIGKEIT: 230KM/H

— Heute muss ich wirklich mal lernen. Ich bin auf dem Weg nach Basel, wo mich die Lesegesellschaft mit meinem Schiller-Programm „Was macht den Mensch zum Menschen?" engagiert hat. Das Manuskript zu diesem Thema habe ich schon vor einigen Jahren erarbeitet. Ich genieße es, alte Projekte auszukramen und voller Erstaunen zu entdecken, welche wunderbaren literarischen Schätze ich gesammelt habe. Schillers Balladen und Gedichte, die nicht nur schön, sondern manchmal sogar aktuell sind, wie „Die Hoffnung". Und dann das bewegende, oft verzweifelt angestrengte Leben Schillers, von dem ich erzähle. Seine schwäbische Verklemmtheit Frauen gegenüber amüsiert und entzückt mich immer wieder aufs Neue. Sein unermüdlicher Ehrgeiz, die Familie angemessen zu ernähren und vor seinem Tode abzusichern, berührt mich. Er war sehr oft krank und wusste, dass ihm nur wenig Zeit bliebe, seine Pläne zu verwirklichen und sein Werk zu vollenden. Seine ewige Geldknappheit kann ich mir gut vorstellen, ebenso seine Liebe zum bewunderten Goethe, den er zeitweise, von Neid zerfressen, hasste, weil ihm alles in den Schoß fiel: Begabung, Erfolg, Besitz, Macht.

Überhaupt, diese Gespaltenheit in Genie und Spießbürgertum, die Zerrissenheit zwischen Liebe und Hass, zwischen Ideal und Wirklichkeit, fasziniert mich immer wieder. Ich kenne sie, diese Momente der Verzweiflung darüber, dass ich nicht so bin, wie ich sein möchte.

Es reden und träumen die Menschen viel
von besseren künftigen Tagen,
nach einem glücklichen goldenen Ziel
sieht man sie rennen und jagen.
Die Welt wird alt und wird wieder jung,
doch der Mensch hofft immer Verbesserung.

Die Hoffnung führt ihn ins Leben ein,
sie umflattert den fröhlichen Knaben,
den Jüngling locket ihr Zauberschein,
sie wird mit dem Greis nicht begraben.
Denn beschließt er im Grabe den müden Lauf,
noch am Grabe pflanzt er – die Hoffnung auf.

Es ist kein leerer, schmeichelnder Wahn,
erzeugt im Gehirne des Toren,
im Herzen kündet es laut sich an:
zu was Besserem sind wir geboren.
Und was die innere Stimme spricht,
das täuscht die hoffende Seele nicht.

FRIEDRICH SCHILLER

HERR KAISER

„Ja, guten Tag, mein Name ist Kaiser. Ich habe gestern eine UMTS-Karte für meinen Firmenlaptop von Ihnen bekommen. Jetzt sitze ich hier im Zug und will damit arbeiten, aber die funktioniert nicht ... Ja, klar. Ja, Leonardo 123 ... Das habe ich schon versucht, da kommt nichts ... Nein, die blinkt auch nicht ... Ja, kein Problem, ich versuch das mal. Also ... kaputt? Das wäre ja ärgerlich. Ich versuchs noch mal ... Danke."

„Scheiße."

„Ja, hier ist noch mal Kaiser. Ich hatte vorhin schon mal angerufen, weil meine neue UMTS-Karte nicht funktioniert ... Ja, Leonardo 123, ja genau. Also ich hab die Karte jetzt in meinem Blackberry ausprobiert, sie scheint tatsächlich kaputt zu sein ... Ach ja ... wann würde ich die bekommen? ... Ja, gut, das wäre prima. Ja ja, an die Büroadresse. Danke."

„So eine Scheiße."

AHA!
AHA!
AHA!
JA! JA! AHA!
TÜRLICH!
TÜRLICH!
DIE KANN MAN NICHT EINFACH SO WEGSCHNABULIEREN.
JA! JA!
DAS MUSS DENEN DOCH KLAR SEIN, DIESEN HOLZKÖPFEN
TÜRLICH! AHA!
TÜRLICH! JA!
JA! JA!
AHA! AHA! AHA!
JA! JA!

Nach ein paar Minuten:

„Hallo Mike, du, ich kann gerade nicht arbeiten, ich sag dir, das war heute ein Tag! Dieser Gerber ist doch ein ausgemachter Idiot. Verlangt der doch plötzlich von jeder Sitzung ein Protokoll. Wohl, weil er dann schwarz auf weiß hat, was für einen geballten Blödsinn er labert. Aber dafür kann er sich einen anderen suchen, das habe ich ihm gleich klargemacht. Ich kann dir sagen, der wird mir immer mehr zum roten Tuch! Wir müssten mehr ‚Input' bringen, ‚ergebnisorientierter' arbeiten, wenn ich das schon höre. Immer, wenn der sich auf so einem teuren Effektivitätsseminar rumgetrieben hat, können wir den Quatsch hinterher ausbaden. Und wie der mit den Leuten umgeht, also nee, da fragt man sich wirklich, woher der diese Chuzpe nimmt. Ich finde ja auch, die Eggers, die is ziemlich luschich und die hat auch riesen Fehler gemacht, keine Frage, aber trotzdem, die kann was, die kann man nicht einfach so wegschnabulieren. Wenn der in dem Punkt nicht offener ist, dann landet der, schneller als er denken kann, im Abseits. Ich sag dir, der Schuss, der wird noch nach hinten losgehen. Sei froh, dass du das nicht mehr mitmachen musst ... Ja, klar hab ich dem Grenzen aufgezeigt. Sonst tut das ja keiner. Die ziehen alle den Schwanz ein, wenn es brenzlig wird, aber dem diplomierten Volltrottel habe ich einen eingeschenkt, das kannst du mir glauben. Es war ja sowieso meine Idee, dass wir uns mal zusammensetzen und Tacheles reden. Es ist doch einfach so: das Einzige, was zählt, ist die Finanzierung. Und ob es da überhaupt eine reelle Chance gibt? Effektivität hin oder her, wenn die Finanzierung nicht gesichert ist ... eben! Sag ich doch! Da muss man doch erst mal eine ganz klare Aussage bekommen und dann, erst dann kommt der nächste Punkt: das Endziel des Projekts. Das muss denen doch klar sein, diesen Holzköpfen, von wegen, mehr ‚Input' ... Mmhm. Türlich! Türlich! Und ich sag dir, für dieses Meeting war eine halbe Stunde angesetzt, und das hätte auch vollkommen genügt, vollkommen! Wenn wirklich Tacheles geredet worden wäre. Stattdessen wird da gelabert und gelabert, Menschenskinder, ich war so unter Zeitdruck! Ich musste mir doch schließlich noch mein Ticket ausdrucken ... Aha. Aha. Aha ja, ja, aber weißte, abgesehen davon glaube ich, dass das überhaupt nicht so schlank ablaufen wird, nee, nee und ich denke immernoch und da bin ich völlig sicher nach dem gestrigen Gespräch. Da bin ich völlig sicher, dass das ein absolutes No-Go ist ... Nee! Schau doch mal, schau dir das mal an, also wenn du die grauen Buttons aktivierst. Also ich komm' ja gerade nich rein, aber schau doch mal, da müsstest du hinten die Zoomspalte fürs vergangene Jahr ... siehste. Eben! ... Eben. Momentan gibt's die Spalte ja noch nich! Und wir ham ihm das doch schon tausendmal erklärt und in der nächsten Runde fragt der wieder dasselbe. Also ich war kurz davor ... Und da bemüht man sich seit Tagen! Und dann hat die Isabelle jetzt die Auftragsnummer ... Eben. Eben. Und der Gag ist, dass der Werner uns jetzt wieder blockiert! Und ich hab diese Reaktion doch genau prognostiziert. Und er labert was von Systemgenauigkeit. Ausgerechnet der! Mmhm, mmhm ... also meiner Einschätzung nach ... Was? Also, ich kann das jetzt im Moment nicht überprüfen, aber insgesamt müssten wir nächstes Jahr bei über 600.000 sein, also pro Gebiet. Ja, genau, das sind halt diese Versäumnisse vom letzten Jahr, das ist schon extrem frustrierend, wenn da so Holzköpfe sitzen, die es einfach nicht schnallen! Und dann beim Meeting den Schwanz einziehen ... Ja, ja, du hast recht, ja, ja, ich muss einfach mal abschalten. Genau. Ich glaub, ich geh heute Abend in die Sauna."

8. KAPITEL

THANK YOU FOR CHOOSING DEUTSCHE BAHN. GOOD BYE AND TAKE CARE.

ICE 1601 / WAGEN 8 / SITZ 3 / LEIPZIG HBF – ERLANGEN HBF / RAUMTEMPERATUR: 17 °C

— Warum sagen sie das eigentlich nie auf Deutsch, dass wir auf uns aufpassen sollen? Das ist doch wirklich freundlich und aufmerksam. Auf Deutsch danken sie uns nur, dass wir die Bahn genommen haben und hoffen, dass wir wiederkommen.

Ich komme ja auch ohne diese Aufforderung wieder, wegen der BahnCard 100 und weil ich keine Lust habe Auto zu fahren. Deshalb nehme ich auch alle Widrigkeiten relativ ungerührt auf mich: Verspätungen, Ersatzzüge, Stromausfälle, die eine stundenlange Bistro-Schließung nach sich ziehen etc. Ich bin eben auf alles vorbereitet. Ich habe bei langen Fahrten Getränke dabei, Äpfel, Brezeln, aber auch Salate mitsamt Besteck. Ich disponiere mindestens zwei Stunden in meinen Plan mit ein ... Nur, wenn die Aircondition so saumäßig und eisig zieht wie jetzt gerade, dann verliere ich den Humor. Schließlich kann ich sicher sein, dass ich hinterher wieder erkältet bin, und ebenso sicher haben die Zugbegleiter, mögen sie noch so zuvorkommend sein, nicht das geringste Verständnis für meine Mimosenhaftigkeit. Schon als ich noch ein Kleinkind war, lief mir ständig die Nase und meine Mutter stellte empört fest:

„Sie ist eine Mimose."

Die Schaffner haben auch nicht wirklich Mitleid mit mir ... Sie behaupten zwar, dass sie sich drum kümmern, aber dann lassen sie sich nicht mehr blicken und der Wind pfeift mir weiter um die Ohren. Ein Glück, dass der Typ da vorne richtig gut gelaunt ist.

UDO

„Hallo, grüß dich! Ich bin's! Ich bin auf dem Rückweg ... Ja, genau und ich bin laut Fahrplan um 20 Uhr 44 am Hauptbahnhof. Aber das heißt bei der Bahn ja gar nichts. Ist sozusagen nur ein Richtwert. Jahaha. Heute lass ich mir den Spaß nicht verderben."

Er streift seine Schuhe ab und legt die Füße mit dunkelblauen Seidensocken auf den gegenüberliegenden Sitz.

„Es war toll! Wirklich! Ein super Urlaub, all inclusive, top Frühstücksbuffet, mittags, abends alles perfekt ... Stimmt, hähä, hab ein bisschen zugelegt, aber die Mädels haben sich nicht beklagt ..."

Er klopft zufrieden auf seinen Bauch.

„... der Wein war hervorragend, witzige Unterhaltung, nee, kann man nich meckern ... Aber du, was ich sagen wollte, bevor's morgen losgeht: ich hab deine Mail gelesen und gleich danach einen Anruf bekommen. Es ist jetzt so, dass wir das Konzeptpapier bis zum 1. August nur noch mit der heißen Nadel hinkriegen ... Nee, ich mein ja nur. Ist nicht weiter tragisch, wir kriegen das schon hin. Ich sag's nur schon mal, damit du dich einstellen kannst ... Eben. Genau. Ich bin ja auch manchmal so, dass ich mich rechtfertige, obwohl ich meistens weiß, dass das überhaupt nicht nötig wäre, solange die Firma ihren Stil nicht ändert. Da ist doch sowieso Hopfen und Malz verloren. Ich sag dir, wenn das so weiter geht, dann ist das Ding geplatzt. Ich finde, du solltest dir da überhaupt keine Gedanken machen und das Paper wortlos zurückschicken. Genau. Total cool. Und nach dem nächsten Conference Call klären wir das ganz spontan. Man muss diesen Pappnasen doch einfach mal zeigen, wo der Hammer hängt ... Eben! Du, wart mal, hier ging gerade eine Frau vorbei, du, die hatte einen Hintern, den hättest du sehen müssen. Wahnsinn. Einen Arsch ..."

Er spricht ganz leise, aber ich sehe an seinem Gesicht, was er sagt.

„Einen Arsch wie die Weiber in Afrika. Ich wollte sie fast fragen: sagen Sie mal, kommen Ihre Eltern vielleicht von der Elfenbeinküste oder so? Ich habs dann aber gelassen. Man weiß ja nie ... Die werden ja sowieso immer empfindlicher die Weiber. Wegen diesem „me too" und so. Aber du, den Hintern hättest du sehen müssen. Das macht doch gleich wieder Laune."

Ich gehe mir einen Kaffee holen, es zieht immer noch so und Udo wird mich literarisch auf die Dauer nicht weiterbringen. Im Gegenteil, er geht mir jetzt doch ziemlich auf die Nerven. Vielleicht hat er sich ausgequatscht, wenn ich nach einem kleinen Spaziergang zurückkomme.

Aber heute habe ich Pech. Ich bleibe im Restaurant sitzen, weil es da wärmer ist, bestelle mir einen Tee: „Aber bitte keinen schwarzen und keinen grünen, es ist schon zu spät am Tag, da kann ich nicht mehr schlafen. Sie hatten doch mal so einen leckeren Kräutertee. Gibt's nicht mehr? ... Nur Pfefferminz oder Früchtetee?" – Von beidem bekomme ich Sodbrennen – „Verveine?" – Na ja, schon gar nicht. Hab ich mir gleich gedacht. Also trinke ich Rotwein, der wärmt ja auch, macht mich allerdings nicht fröhlicher. Heute ist der Wurm drin. Am Nebentisch sitzen drei elegante Damen meines Alters. Zwei sind perfekt gefärbt, rötlich braun, zwei sind selbstbewusst grau- und weißhaarig, alle haben schicke Kurzhaarschnitte, tragen modische schwarze, riesige Rundbrillen, eine mit Glitzer. Super geschminkt – im Gegensatz zu mir: außer einem hastig aufgetragenen Lidstrich und etwas Lippenstift, der nach zehn Minuten schon wieder weg ist, kriege ich einfach nichts hin, bevor ich aus dem Haus renne. Meine Schwestern mir gegenüber haben sorgfältig samtiges Make-up aufgetragen, abgepudert und alles, Lidschatten, Wimpern mit Volumen – und trotzdem, jetzt kommt's: ich sehe, dass sie siebzig sind. Wie ich. Und das kotzt mich einfach an – um einmal ausnahmsweise den Heinz aus dem ersten Kapitel zu zitieren – das kotzt mich an. Man oder auch „Frau" meinetwegen kann machen, was sie will, man sieht das Alter, selbst, wenn es sich nicht in Falten offenbart. Es ist die Mattigkeit, es ist das Angestrengte, angestrengt und trotzdem munter ... es ist irgendetwas Abgelebtes. Die ungeschminkte Studentin, zwei Tische weiter vorn, die humorlos in ihren Laptop hackt, sieht im Vergleich zu uns aus wie ein frischer Apfel. Es könnte mir ja egal sein. Ich bin doch souverän, erzähle allen, dass das Schöne am Alter die Unabhängigkeit ist, die Gelassenheit, der Spaß am Leben, weil man nichts mehr aufbauen, sich nicht mehr ununterbrochen gegen Konkurrenten verteidigen muss. Daher klebt man nicht mehr so an Äußerlichkeiten ... usw. usw. Stimmt ja auch und klar, ich rede von uns Frauen im Bistro des ICE und nicht von den Rentnerinnen in Polen, die ich heute Morgen im Morgenmagazin gesehen habe und die zum Überleben stundenlang Weinbergschnecken sammeln müssen, für einen Euro das Kilo. Polnische Weinbergschnecken, die dann in Sterne-Restaurants auf den Champs-Élyseés zu sündhaft teuren Appetithäppchen veredelt werden. Aber Luxusprobleme sind halt auch Probleme, besonders wenn man so schlecht gelaunt ist, wie ich es inzwischen bin. Die Damen am Nebentisch lachen immer lauter und prosten sich zu.

PROOOST!
PROOOST!
PROOOST!

Seht mich an:
der Fuß der Zeit
trat mir meine Wangen breit.
Schaut mein Ohr!
Die vielen Jahre
drehten es ins Sonderbare.
Ach des Kinns!
Es scheint zu fliehen,
will die Lippen nach sich ziehen!
Ach der Stirn! Die vielen Falten
drohen mir den Kopf zu spalten!
Die Nase! Oh, wie vorgezogen!
Der Mund! So seltsam eingebogen!
Der Hals! So krumm! Die Haut!
So rot!
Das Haar! So stumpf!
Das Fleisch! So tot!
Nur die Augen lidumrändert,
strahlen blau und unverändert,
schauen forschend, klar und mild
aufs und aus dem Spiegelbild,
leuchten wie zwei Edelsteine –
sind das überhaupt noch meine?

ROBERT GERNHARDT

In unserem „Altersprogramm" zitiere ich mit masochistischem Vergnügen Robert Gernhardts: „Als er sich mit 40 im Spiegel sah". Dem ging es wohl wie mir: mit 40 glaubte er, die Schwelle zum Alter schon überschritten zu haben. Wenn der gewusst hätte und wenn ich mir klar gemacht hätte, was noch kommt! Ach, wie sehr hätte ich doch damals meine reife und noch gar nicht verblühte Schönheit genießen können, anstatt ständig an mir rum zu mäkeln.

Der Zug schleicht dahin, vielleicht ist es wieder eine Störung in der Oberleitung. Wir überqueren einen kleinen schlammigen Fluss, auf dem kreuz und quer umgefallene Bäume, Äste und Gestrüpp liegen. Gestern hätte ich das schön gefunden, wie ein Gemälde von Breughel. Heute finde ich es scheußlich, ein furchtbares Durcheinander, wie meine nicht gelernten Texte, die ich auf meinem Platz habe liegen lassen, auf „Schuld und Sühne" habe ich schon gar keine Lust!

Das Stillleben draußen sieht für mich nur aus wie ein undurchdringlicher Sumpf nicht realisierter Träume und Pläne, so schlammig wie nicht gelöste Probleme, träge dahin fließend wie die Gedanken an verpasste Liebes- und Lebensabenteuer, muffiges Brackwasser von Unerledigtem. Ich frage mich, was das für einen Sinn haben soll, andauernd durch die Gegend zu fahren, um fremden Menschen Geschichten zu erzählen oder in einem Provinztheater irgendeine Rolle vorzuspielen.

Gerade in dem Moment, in dem ich in tiefe Melancholie versinke – ein Lichtblick: zwei Tische weiter sitzt ein kleiner Junge, dessen Mama wohl eben auf die Toilette gegangen ist. Träumerisch und voller Inbrunst entfernt er einen Fleck auf dem Tisch. Er leckt seinen Finger an, reibt dann intensiv, leckt wieder, spuckt noch ein bisschen drauf, lutscht alles wieder ab, rubbelt unverdrossen weiter, ist richtig zufrieden. ▬

Menschen sind wie Handkoffer;
mit allerlei Dingen vollgestopft
werden sie auf die Reise geschickt,
herumgestoßen, beiseite geschubst,
fallen gelassen.
Sie gehen verloren, werden wiedergefunden,
werden im nächsten Moment
halb geleert oder voller gestopft denn je,
bis der letzte Gepäckträger
sie schließlich
auf den letzten Zug bugsiert,
und dann rattern sie endgültig davon.

KATHERINE MANSFIELD

9. KAPITEL

LUDWIGSBURG – KORNWESTHEIM – ZUFFENHAUSEN – FEUERBACH – NORDBAHNHOF – STUTTGART HBF

S4 / WAGEN 3 / FREIE SITZWAHL /
HALBES LACHSBRÖTCHEN IM KLAPPSITZ

— „Der Ludwigsburger Marktplatz ist der schönste Platz Europas", behauptete vor langer Zeit Theodor Heuss, der erste deutsche Bundespräsident nach dem Krieg – und Schwabe. Der Platz ist wirklich wunderschön, von italienischen Ausmaßen, umrahmt von herrlichen barocken Häusern und Kirchen, erbaut von italienischen Architekten. Aber, der „schönste Europas"? Das kommt mir etwas übertrieben vor. Doch der Herr, der mich durch die Stadt zu meinem Auftrittsort im Museum begleitet, meint, als Schwabe hätte der Heuss schon das Recht gehabt, „a bissle zu renommiere". Und ich möchte ja auch gar nicht so kleinkariert sein. Im Gegenteil, ich denke wieder mal voller Neid daran, dass wir in Kassel zwar den schönen Friedrichsplatz haben, dass aber die anderen Plätze, die zum Flanieren und Durchatmen einladen könnten, entweder als Parkplätze missbraucht oder von Straßenbahnen zerschnitten werden. Und der zentrale Königsplatz ist umrahmt von abgeschnittenen braunen, rüsselähnlichen Wasserspeiern, die die Hälfte des Jahres abgestellt sind. Wenn sie im Sommer mal sprudeln, erfreuen sich allerdings Kinder an den Wasserstrahlen und haben Spaß daran, sich auf die Rüssel zu setzen, so dass es aussieht, als würden sie in weitem Bogen um die Wette pinkeln. Das versöhnt mich.

Weitaus mehr jedoch genieße ich die Ludwigsburger Harmonie und erfreue mich an den schönen Cafés und Restaurants rundherum.

Es stehen viele Stühle bereit, die man sich dahin schieben kann, wo man am liebsten sitzt, wo die Sonne am wärmsten scheint, wo der Blick am spektakulärsten ist. Was für ein herrlicher Sonnentag, nach einem erfolgreichen Auftritt im Museum anlässlich einer Vernissage mit Bildern von Teo Otto.

Ich habe Texte zu seinem spannenden Bühnenbildnerleben gelesen. Otto hatte mit Brecht im Osten und Gründgens und den wichtigsten Regisseuren der deutschen Theaterszene im Westen zusammengearbeitet. Er war immer politisch engagiert, deshalb sollte ich auch die entsprechenden Lieder von Eisler, über Dessau bis hin zu Georg Kreisler singen. Am Abend vor dem Auftritt hatte ich eine Verständigungsprobe mit einem unglaublich guten Gitarristen, der mir so viel Schwung und Sicherheit gab, dass die Veranstaltung für mich und für das Publikum zu einem belebenden Ereignis wurde.

Es war rundum schön. Ich fühlte mich dynamisch und jung – höchstens Mitte fünfzig – aber dann warf mich nachts um zwei ein minutenlanger Hustenanfall aus dem Bett. Der Hals tat weh und wieder einmal verfluchte ich die angeblich segensreiche, weil so angenehm kühlende Klimaanlage, die in dem schicken Ludwigsburger Kunstforum natürlich auf Hochtouren lief. Ich hatte vor Aufregung geschwitzt, und diese Kombination: nasse Haut und Eiseskälte, die haut mich eben um.

Am nächsten Morgen sprach mich eine hübsche junge Frau an der Bushaltestelle strahlend an: „Ach, Sie send doch die tolle Sängerin von geschtern Abend, des war prima! Vielen Dank!" „Gleichfalls danke", krächzte ich verlegen, aber glücklich, „des freut mi, dass es Ihna gfalle het!" Danach hat sie sicher überlegt, ob sie mich verwechselt hat.

Jetzt bin ich auf dem Weg nach Esslingen, wo ich im Theater Flyer und Plakate für meinen Vulpius-Abend im Herbst abgeben werde. Ich sitze in der S-Bahn und kann kaum glauben, was die lautstarke Schwäbin hinter mir ihrer Freundin ganz im Vertrauen erzählt:

ELSE

„Woisch, en der erschten Zeit hot er die Proschdada ja no einigermaße im Griff g'hett. Er isch halt emmer oimol im Jahr zur Untersuchung, und mir hend gsagt, es könnt schlimmer sei. Wenn mer bedenkt, wie viele von seine frühere Arbeitskollege scho an Kräbs gschtorba send. Also net an der Proschdada, sondern an der Lunge, wägem rauche und so. Aber jetz isch es irgendwie schlimmer gworde ond er kriegt oifach koin mehr hoch!"

„Else, um Goddeswille, sei doch net so laud! Des kenned doch alle höre!"

Else versucht zu flüstern, aber sie hat die beneidenswerte Fähigkeit selbst beim Flüstern eine solche Energie zu verströmen, dass sie im Theater bis in die letzte Reihe zu verstehen wäre. Manche Menschen sind offensichtlich Naturbegabungen.

„Er regt sich firchterlich auf, aber, woisch, mir macht's eigentlich gar nix aus. I han sowieso scho lan koi Luscht mehr. Aber für ihn isch des, scheint's, a Prästieschangelegenheit.

‚Horscht', sag i emmer, ‚man kann's doch net erzwinge und wenn du di so aufregscht, no goht's ja erst recht net'. Und dann isch er au no beleidigt, weil's mir ja wohl egal wäre, weil i scheinbar sowieso nur noch Interesse an jüngeren Herren hätt. Ha ja, irgendwie stemmt des ja, mir gfalle die jonge Kerle oifach besser als die alde Seggel ... Aber i dät doch nix mit denne afanga. Aber woisch: der hots nötig!! Nach jedem Rock dräht er sich om ond bluschtert sich auf ond macht saublöde Bemerkungen, des isch manchmol richtig peinlich. Ond derhoim hot er dermaßen schlechte Laune, dass i mi wirklich zammereiße muss. Sitzt aufm Sofa ond schempft, wenn i staubsaug. Und behauptet au no, dass er es ja selber mache dät, wenn i ihm sagen würde, dass es nötig isch. Glaubsch, do kennt i die Wänd naufgange: emmer des – i soll's doch sage – des Spiel mache mer seit 40 Jahr. Er sieht doch sowieso blos des, was er will. Wenn i die Tagesdecke überm Bett net hundertprozentig grad zoge han, dann zupft er dran rom mit am Gsicht, wie wenn er sage dät: älles muss ma selber mache.

Aber, dass er mol, ein einziges Mal morgens den Kaffee aufsetza dät ... noi, noi, never! Gell! Nada!

Übrigens des Café, des do neulich näbem Edeka neu eröffnet hat isch wirklich eins A! Der Kuche, die Bedienung, alles tip top. Do kenntet mir ons doch mol treffe, i muss jetzt nämlich austeige. Mach's gut.

Du au! Und grüß deinen Göttergatten! Kof hoch! – Ha ha ha ha.

Das Weib ist eine Nuss,
die man aufbeißen muss.

Dem Manne Gott genad',
der keine Zähne hat.

PETER ROSEGGER

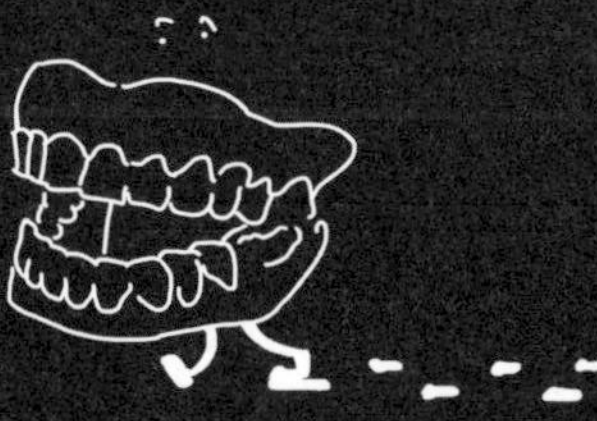

10. KAPITEL

KASSEL WILHELMSHÖHE – OBERVELLMAR – ZIERENBERG – VOLKMARSEN – KÜLTE-WETTERBURG – BAD AROLSEN

RB 4 / 1. KLASSE / 20 FAHRRÄDER / 3 KINDERWAGEN

—— Im Regionalzug ist das 1. Klasse-Abteil ganz vorne, direkt neben der Fahrerkabine. Ich geniere mich immer ein bisschen, wenn ich da als Einzige einsteige, besonders, wenn die 2. Klasse rappelvoll mit Pendlern ist. Trotzdem, nein, natürlich gerade deswegen, genieße ich den Tisch, die Beinfreiheit und manchmal auch das angeregte Gespräch bei offener Tür zwischen dem Lokführer und seinem Kollegen, der nicht mehr im Dienst und auf dem Weg nach Hause ist.

FRITZ & HANNES

„Hast du das schon gehört? Das mit dem Steffen?"

„Nee, wieso?"

„Der Steffen, der war doch Teamleiter und dann hamse den einfach abgesägt. Meiner Meinung nach war der einfach zu gutmütig. Irgendwie gab's da von Anfang an ein Kompetenzgerangel. Ich finde aber nicht, dass das von ihm ausging. Also menschlich konnte ich den Steffen wirklich gut leiden, keine Frage, ein feiner Kerl, aber der konnte sich einfach nicht durchsetzen."

„Stimmt, der war doch am Anfang ganz dicke mit dem ... dem Dings und dann war da was und dann ging da nichts mehr."

„Sag ich doch, das war ein ganz derbes Kompetenzgerangel. Na ja und der Neue kommt aus Hamburg und ist gerade mal 35. Bin gespannt, was das mit dem wird."

Lange Pause.

„Also, wir sind jetzt umgezogen mit unserer Meldestelle. Wir sind jetzt da links hinten über dem Burger King, neben dem Schrottplatz. Und vorne ist der Cantus. Also ich sag mal, da biste mal drei Wochen im Urlaub und kommst zurück und findest deine Meldestelle nicht mehr. Alles ist anders. Alle naselang!"

„Deswegen hab ich mir gesagt, ich bleib in Wolfhagen, da weiß ich, wo ich dran bin."

„Genau".

Lange Pause.

„Aber die alte Meldestelle, die in dem Backsteinbau, da konnte man's ja kaum noch aushalten. Da hat's gestunken wie Sau. Und der hat nichts gemacht, der Besitzer. Alle paar Tage ging das Licht nicht, die Leitungen waren lebensgefährlich, die Heizung war im Arsch, ein richtiger Sauladen! Und der Besitzer, stur wie ein Bock, wenn wir uns beschwert haben. Aber dann hat er geheult wie wir raus sind."

„Geheult??"

„Ja geheult, der kriegt doch keine Nachmieter. Ich sag dir: gestunken hat das."

Lange Pause

„Geheult?"

„Ja, das kannste glauben."

„Also dann. Ich hab jetzt Feierabend. Ich wünsch dir noch ne ruhige Schicht."

„Bis denne."

In Bad Arolsen werde ich in der Bücherei aus meinem Buch vorlesen: „Links am Paradies vorbei – mein Leben als Schauspielerin in der Provinz". Es wird bestimmt ein ganz schöner

Abend. Ich kenne das Publikum schon von anderen Veranstaltungen, die Leute sind meistens gut drauf, sind interessiert und vor allem, mit dem Stichwort „Provinz" werden sie keine Probleme haben. Sie wissen, dass Bad Arolsen eine Kleinstadt ist, mit Schloss und Barockfestspielen zwar, aber eine Kleinstadt. In Kassel gibt es immer einige Zuhörer bei den Lesungen, die meinen Buchtitel irritierend finden. Nach einer Weile atmen sie auf, weil ich nicht über die Provinz spotte und erst recht nicht jammere. Was wäre das denn für ein Buch, in dem ich 240 Seiten lang mein Schicksal beklage ...?

Eine Viertelstunde nachdem Fritz, der Feierabendmann, ausgestiegen ist, kommt der Zugbegleiter in mein Kabuff. Er bewundert meine BahnCard 100 First, vermutet, da er mich schreiben sieht, dass ich sie dienstlich nutze, also „geschenkt" bekommen habe, aber ich bestehe darauf, dass ich sie mir jährlich selbst erarbeite. Das gefällt ihm:

„Respekt! – Da fahren Sie dann wohl genau so viel herum wie ich?"

„Ja, bestimmt, allerdings kann ich mir, im Gegensatz zu Ihnen meine Zeiten selbst aussuchen."

„Da hamse recht, junge Frau ... Da hamse recht, meine Schichten gehn manchmal ganz schön auf die Knochen. Weihnachten, Ostern und annere Feiertage kann ich oft knicken. Außerdem der andauernde Wechsel von Früh- und Spätschicht. Und wenn ich um zweie nachts nach Hause komme, dann wacht die Frau auf und ärgert sich, weil se nicht mehr einschlafen kann. Ich bin immer so fertig, ich fang sofort zum Schnarchen an".

„?"

„Na ja, manchmal leg ich mich dann doch auf's Sofa ins Wohnzimmer. Man is ja kein Unmensch."

Ich überlege, ob ich fragen könnte, warum sie keine getrennten Schlafzimmer haben ...

Er sieht so aus, als hätte er in Volkmarsen oder in Külte-Wetterburg ein gediegenes Eisenbahnerhäuschen und die Kinder sind, seinem geschätzten Alter nach, sicher schon aus dem Haus.

Ich würde ihm gerne sagen, dass mein Mann und ich seit beinahe 50 Jahren getrennt schlafen und dass das u.a. ein Rezept für eine erfolgreiche Ehe sein kann.

Aber ich lasse es lieber, ganz so nahe sind wir uns denn doch noch nicht. Außerdem ist heute für ihn ein guter Tag, nur noch einmal Bad Arolsen – Kassel, hin und zurück, das wars. Da kann er nach dem Essen sogar noch was im Garten machen.

> „So, junge Frau, dann schreibense mal weiter an Ihren Gedichten, ich muss wieder an die Arbeit."

Schön wäre es ja, wenn ich dichten könnte ... leider kann ich nur gut abschreiben.

Der Teufel hol den schwarzen Kaffee!
Wieviel Uhr mag's denn wohl sein?
Ich kann ja nicht, kann ja nicht schlafen.
Und der neben mir, der alte Affe
schläft immer gleich ein!
Und ich kann nicht, kann nicht schlafen,
ich bin ja noch munter –
und plage mich und gucke an mir runter
und frage mich:
Sind das meine Beine –
oder sind das seine Beine
oder sind das unsre Beine – oder wie?
Mensch, schlaf nicht,
schlaf bloß nicht in Kompagnie!

|...|

Das ist die Hölle wie von Dante –
der Mann ist so roh!
Die Decke, die ist immer seine ...
ich kippe ängstlich auf der Kante –
mal so und mal so –
man denkt, man hat siebenhundert Beine.

|...|

Ich wünsch mir nur eines,
aber das wünsch ich sehr:
ich möchte mal allein sein,
dann frag ich nicht mehr:
Wem gehört denn – wem gehört denn –
wem gehört denn das Bein?
Lieben: ja. –
Aber schlafen? Allein ...!

THEOBALD TIGER

11. KAPITEL

SEHR GEEHRTE FAHRGÄSTE, UNSER ZUG HAT ZURZEIT EINE VERSPÄTUNG VON 20 MINUTEN. IN FRANKFURT WERDEN SIE NOCH FOLGENDE ANSCHLÜSSE ERREICHEN …

ICE 77 / WAGEN 4 / SITZ 8 / KASSEL WILHELMSHÖHE – ZÜRICH / WOHLERZOGENER HUND AM VIERERTISCH

—— Ich will sie gar nicht wissen, diese Anschlüsse in Frankfurt. Ich will, dass die Zeit wieder eingeholt wird und ich in Zürich meine Regionalbahn nach St. Gallen erreiche. Morgen lese ich in der „Wyborada", der einzigen Frauenbibliothek Europas, Briefe von Rosa Luxemburg. In Frankfurt findet wie immer eine unglaubliche Verschiebung von Menschenmassen statt. Innerhalb von einer Minute ist der ganze Wagen fast leergefegt und kurz darauf ist er wieder genau so voll wie vorher. Lauter mehr oder weniger genervte Leute haben in Nullkommanichts die freigewordenen Plätze besetzt, ihre Laptops, Smartphones und Tablets rausgeholt und in Gang gebracht. Damit es mir nicht langweilig wird, setzt sich an meinen Nebentisch ein Typ, der schon laut quatschend hereingestürmt ist.

UWE

„Nee, nee, jetzt geht's wieder, ich bin drin. Was ich noch sagen wollte, weißte, ich finde, bei denen hat's doch von vorneherein nicht gestimmt: Erinnerst du dich? Damals, als von Heirat die

Rede war? Da hab ich doch regelrecht Terror gemacht, weil ich einfach wusste, das geht schief. Das klappt im Bett und sonst ist nichts. Ich hab ihm das brühwarm auf den Kopf zugesagt. Ich hab gesagt, er soll sich da nichts vormachen, nur weil er sie gerne vögelt. Ich hab klipp und klar gesagt: ‚Vorsicht an der Bordsteinkante! Die Frau ist irgendwie undurchsichtig!' Aber er wollte sich ja nichts sagen lassen und auch jetzt will er einfach nicht über sie reden. Das ist so nervig. Andererseits glaubt er, man müsse sich ständig um ihn kümmern, aber ich kann schließlich nicht mehr tun, als ständig Gesprächsbereitschaft zu zeigen! Also, ich finde, das könnte er zumindest zur Kenntnis nehmen ... Ja, ja! Genau! Sag ich doch, die Frau ist irgendwie, ich weiß nicht – vielleicht hat das was mit ihrer Kultur zu tun ... Mmhm, mmhm, richtig! Und offenbar glaubt sie, er sei Millionär, aber das darf man ja schon gar nicht ansprechen, da dreht er völlig durch. Da schnauzt der mich doch gestern tatsächlich an, ich würde sie ihm mies machen wollen, weil ich selber auf sie scharf gewesen wäre ... Also echt! Das ist doch der Hammer. Ich hab ja wirklich nichts gegen Ausländer, aber so eine wie die ... wenn ich die so ansehe, wie

die schon angezogen ist und überhaupt die ganze Art ... Genau! Und deswegen ist das doch eine einzige Quälerei bei denen und er ist zu nichts mehr zu gebrauchen. Mit seiner schlechten Laune versaut der uns alle Treffen. Neulich im Club, ich sag dir, das war nicht zum Aushalten, der Abend war im Eimer, aber er will trotzdem immer dabei sein, behauptet, wir würden ihn absichtlich nicht rechtzeitig informieren und lauter so'n Mist. Ich hab ihm gesagt ... Hallo, hörst du mich noch? Hallo? Hallo? – Na ja, egal."

„Hallo! kann ich vielleicht mal was bestellen? ... Ja, ein Weizen bitte."

12. KAPITEL

DER ICE 374 NACH BERLIN OSTBAHNHOF ÜBER BRAUNSCHWEIG HAT HEUTE 50 MINUTEN VERSPÄTUNG. GRUND DAFÜR SIND STURMSCHÄDEN AUF DER STRECKE.

WIR BITTEN UM ENTSCHULDIGUNG.

ICE 374 / WAGEN 12 / SITZ 20 / KASSEL WILHELMSHÖHE – BERLIN OSTBAHNHOF / AUTOMATIKTÜR IM DAUEREINSATZ

— 50 Minuten! Das darf doch nicht wahr sein. Ich bin hier hergerannt, nachdem ich alles, was ich vor meiner Abfahrt noch erledigen wollte, tatsächlich geschafft habe und jetzt stehe ich mir auf diesem zugigen Gleis 3 die Beine in den Bauch. Aber warum eigentlich? Na ja, weil es erst hieß: Zehn Minuten Verspätung, da wäre es sehr unvorsichtig, sich noch schnell eine Zeitung zu kaufen. Dann wurden es 20 Minuten, also doch noch einen Coffe to go holen? ... Nein! Erstens ist es schon nach 16 Uhr, zweitens habe ich meinen Bambusbecher vergessen – wieder mal – und es geht gegen meine Ehre, mir den tausendsten Pappbecher geben zu lassen. Auf einmal sind es 30 Minuten. Also doch die Zeitung oder besser eine Zeitschrift mit aufbauenden Rezepten für ein besseres Leben. Ich laufe die lange Rampe nach oben und blättere in der Buchhandlung unschlüssig die schönsten Illustrierten durch. Zurück auf Gleis 3 höre ich die Ansage: 50 Minuten.

Das Ende ist also offen. Dabei hatte der Tag so perfekt begonnen:

Punkt neun hüpfe ich tapfer in das sparsam angewärmte Wasser unseres Freibades. Es ist noch angenehm leer oder besser gesagt wieder. Die eifrigen Frühsport-Rentner haben ihre Bahnen erfreulicherweise schon gezogen. Im Becken schwimmen, außer mir – drei Frauen. Zwei kraulen zügig und systematisch, die dritte quatscht mich an, kaum dass ich im Wasser bin:

„Seh ich richtig?"

Langer, auffordernder Blick.

„Seh ich richtig?"

Weiß ich doch nicht, denke ich und lächle freundlich, als sie zu dem Schluss kommt, ich sei wohl die „Sabine Wackerbart!" Ich belasse es dabei. Vielleicht gibt sie dann Ruhe.

„Ich hab's doch gleich gewusst! Wie schön, dass Sie jetzt auch unser Bad benutzen!"

Und dann geht es los, wie tapfer der Förderverein um die Erhaltung gekämpft hätte und was es gekostet habe, aber dass es in den Garderoben

ziehe – stimmt – und dass es keinen größeren Kiosk mehr gäbe, wo früher beim Frauenfrühstück locker 20 Frauen am Tisch saßen usw. – stimmt auch, der Kiosk ist wirklich popelig.

Eigentlich memoriere ich beim Schwimmen am liebsten meine Texte, stattdessen antworte ich brav: „Ach ja" und „ach so". Da schreien uns fast gleichzeitig die zwei anderen Schwimmerinnen an: „Soll man jetzt hier noch ein Schild aufstellen: Quasselstrippen im Becken nebenan?" „Typisch Harleshausen!" fügt die eine hinzu, „Ich mach drei Kreuze, wenn das Wilhelmshöher Bad wieder aufmacht. Das ist ja nicht zum Aushalten hier."

Prima. Ich bin zwar perplex über so viel Unverschämtheit, aber jetzt kann ich doch noch lernen. Dann nach Hause, umziehen, Koffer für Berlin und eine Tasche mit Requisiten für die

Vorstellung um 14 Uhr im Stadtteilzentrum Wesertor packen. Ich präsentiere dort Ausschnitte aus meinen Programmen. Der Eintritt ist frei, ein Angebot der Kirche: Kultur mit Kaffee und Kuchen und ein Freund, der das organisiert, ermuntert mich jedes Jahr, da mitzumachen. Normalerweise findet das im Gemeindesaal statt, der ist heute besetzt und ich muss vor dem Altar und auch noch mit Mikro auftreten. Grauenhaft – düster, kalt und hallig.

Es ist rappelvoll, die meisten Leute, die an den gedeckten Tischen im Kirchenschiff sitzen,

sind ziemlich alt und vorsichtshalber erst mal misstrauisch. Nur ein paar jüngere Sozialarbeiterinnen strahlen mich fröhlich an, da kommt eine gut gekleidete Seniorin wütend auf mich zu: „Jetzt bin ich extra wegen Ihnen aus Ahnatal gekommen und dann findet das in der Kirche statt. Eine Unverschämtheit. So eine miserable Organisation!"

„Ja, ich bin auch begeistert über den Empfang", teile ich ihr kühl mit. Sie fühlt sich bestätigt und setzt sich grimmig in die erste Reihe.

Nach der Vorstellung küsst sie mir fast die Hände vor Begeisterung und auch die anderen Alten sagen, sie hätten noch stundenlang zuhören können ... Von wegen, das hätten sie gern, aber: gelernt ist gelernt.

Jetzt freue ich mich, zum Zug nach Berlin zu kommen. Endlich am Bahnhof rattere ich mit meinem Rollkoffer den langen Bahnsteig runter, da ruft mir eine robuste grauhaarige Dame zu:

„Wo fahren Sie denn hin, Frau Wackernagel?"

„Nach Berlin."

„Nach Berlin? Ach du lieber Gott! Na, dann fahrense mal schön!"

60 Minuten später ... Dann fahren Sie mal schön? ... Leichter gesagt als getan.

13. KAPITEL

SEHR GEEHRTE FAHRGÄSTE, AUFGRUND VON DEMONSTRATIONEN ANLÄSSLICH DES G20-GIPFELS IN HAMBURG FÄHRT UNSER ZUG HEUTE NUR BIS HAMBURG HBF. REISENDE NACH DAMMTOR UND ALTONA NEHMEN BITTE DIE S-BAHN 31, GLEIS 2.

ICE 314 / WAGEN 3 / SITZ 15 / KASSEL WILHELMSHÖHE – HAMBURG DAMMTOR / SMS-KAKOFONIE

—— Dieselbe Ansage wie üblich auf Englisch, aber ausgerechnet heute ohne den Zusatz: „take care". Und heute wäre es wichtig zu erfahren, dass man aufpassen soll. Während der ganzen Fahrt nämlich, tauschen die beiden Herren neben mir ihre News von den Smartphones aus:

„Hunderte von Demonstranten haben die Zufahrt der deutschen Delegation zeitweise besetzt ... An der Alster Wasserwerfer gegen Sitzblockaden ... Zufahrten zum Hamburger Hafen durch Aktivisten versperrt ... Rund um die Innenstadt brennende Autos und zerschlagene Fensterscheiben ... Bankautomaten demoliert ... Altona steht schon am Nachmittag in Flammen ..." „Na super, endlich mal was los!", sagt der eine und packt befriedigt seine Sachen zusammen.

Wir erreichen Hamburg und der Witzbold zieht sich die Kapuze seines Sweatshirts über den Kopf: „Das wär doch nicht schlecht, wenn ich jetzt so da ankomme, oder?" Der andere lacht beifällig. Ich aber habe inzwischen Herzklopfen und frage mich, ob meine im langen Schauspielerleben antrainierte Disziplin, zugesagte Auftritte nicht abzusagen, diesmal vielleicht doch fehl am Platz war.

Ich soll um 19 Uhr im Rudolf Steiner Haus, im Mittelweg nahe Hamburg Dammtor, Texte von und über Sophie Scholl und Cato Bontjes van Beek vorlesen. Mein Hotel, das ich vor ein paar Monaten nichtsahnend gebucht habe, ist in der Stresemannstraße, 150 Meter von der „Roten Flora" entfernt.

Ich fahre also mit der S-Bahn bis Sternschanze und bin begeistert von diesem alternativen Stadtviertel. Von den schönsten Sprüchen auf Transparenten und Häuserwänden mache ich Fotos: „Build bridges not walls" und „Wir sind friedlich, was seid ihr?" und treffe nur nette Hamburger, die, ob mit Dreadlocks, Rollator oder Baby im Rucksack, mir geduldig den Weg erklären. Ich sehe nirgends Flammen. „Welcome to hell" scheint mich nicht zu betreffen. Die Hoteltüren des „Domicil" öffnen sich heute nicht automatisch und der edle Bioladen daneben ist verrammelt. Aber auf mein Klingeln öffnet der Portier natürlich sofort: „Sicher ist sicher – Herzlich willkommen."

Nach einer halben Stunde schlendere ich noch einmal unbehelligt durch das bunte Schanzenviertel. Es ist Nachmittag und ich habe noch Zeit, an der Alster spazieren zu gehen und setze mich in ein Restaurant am Ufer, das Hotel Atlantic im Rücken. Frau Merkel übernachtet dort und wird heute Abend zum Arbeitsessen empfangen. Die fröhliche blonde und dralle Bedienung macht Fotos von der Gesellschaft am Nebentisch.

> „Ham Sie die Scharfschützen auch drin?"

Ausgelassenes Gekicher.

> „Natürlich! Man sieht sie zwar nicht, aber ich weiß, wo sie sich verstecken."

Großes Gelächter. Dann gibt es Waffeln mit Kirschen für die Damen, Bier für die Herren und ich esse gebratene Garnelen auf Blattsalat.

> „Also, du glaubst ja nicht, wie der ankam: mit Jeans und Sandalen!! Ich hatte noch zu Inge gesagt, was glaubst du wohl, was der anhaben wird ... und dann kommt der mit Sandalen! Ich sofort: ‚Na, da müssen wir wohl als erstes mal Schuhe kaufen?' Das war vielleicht ne Aktion! Über Geschmack lässt sich ja streiten, aber wenn man gar keinen hat! Ich war am Abend fix und fertig."

Seit meiner Ankunft in Hamburg kreisen über uns permanent Hubschrauber. Trotz dieser Idylle: dem blauen Himmel, den Segelbooten vor mir, den strahlend weißen Prachtbauten hinter mir, ahne ich, wie es sein müsste, wenn dieses schreckliche Dröhnen Krieg bedeutete. Kaltschnäuzig esse ich meine Garnelen.

Ich überlege, was ich in meinem Manuskript streichen könnte, wenn die Einführung der Veranstalterin wieder mal zu lang würde und spaziere dann an hunderten von parkenden Polizeiautos entlang über die Kennedy Brücke zum Rudolf Steiner Haus. Zunächst laufe ich daran vorbei, weil es neben der riesigen Beautyklinik, einem einschüchternden Gründerzeit-Palast, fast ein bisschen unscheinbar wirkt. Obwohl ich doch gleich die Lebensgeschichten von Sophie Scholl und Cato van Bontjes vortragen werde, überlege ich, ob es sich nicht doch noch lohnen würde, mich hier von meinen hässlichsten Problemzonen befreien zu lassen. Aber dann reiße ich mich zusammen, denn erstens ist der Zug abgefahren und zweitens, was für eine Peinlichkeit mit den Texten über Frauen, die ihr Leben opferten, im Gepäck, an sowas überhaupt nur zu denken! Also mache ich mich im Rudolf Steiner Haus an meine Arbeit. Wir haben neun interessierte und anschließend tief berührte Zuhörer, sogar ein paar jüngere Leute sind dabei und ich kann nicht umhin zu beklagen, dass der Termin doch wirklich sehr ungünstig gewählt war. Die Veranstalterin stimmt mir bedauernd zu:

„Ja, das ist schade! Die meisten Herrschaften haben sich wohl nicht aus dem Haus getraut."

„Aber Sie hätten doch vor ein paar Wochen die Lesung noch verschieben können. Finden Sie nicht?"

„Sicher, sicher, dennoch ... diese erschütternden Biografien, die

Auseinandersetzung damit, die passen doch so gut zu der momentanen Situation!"

„Aber daran hätten sich doch mehr Menschen erfreuen können."

„Ach ja, die Leute hatten, wie gesagt, offensichtlich zu viel Angst."

„Eben."

„Ach, grämen Sie sich nicht, Frau Wackernagel, es war wunderschön!"

Wie immer erleichtert, wenn alles gut gegangen ist, mache ich mich auf den Rückweg. Vor der Kreuzung am Dammtor komme ich fast eine halbe Stunde nicht über die Straße, weil da die längste und schönste Fahrraddemo vorbei klingelt, die ich je gesehen habe. Hamburg zeigt Haltung, so bunt und lebendig, dass ich danach ganz beglückt in die S-Bahn steige. Und dann, ab Haltestelle Sternschanze, geht es los:

„Welcome to hell!"

Ich sehe die Flammen hoch in den Himmel flackern. Also da geradeaus durch wie heute Nachmittag, kann ich jetzt nicht mehr. Aber wie komme ich drumherum? Alle Straßen, die ich ansteuere, sind vollgestopft mit Menschen, die meisten davon friedlich, angeregt und gesprächsbereit. Ich kaufe mir im türkischen

Imbiss, der rappelvoll mit fröhlichen Menschen ist, noch einen Salat, weil ich nicht wahrhaben will, dass es eng werden könnte. Aber kaum bin ich draußen, komme ich keinen Schritt vorwärts. Die Stimmung ist elektrisiert und als irgendjemand ruft „die Bullen kommen", fangen alle wie wild an zu rennen. Plötzlich bin ich in der Falle. Ich rette mich mit anderen Nicht-Gewaltbereiten in eine Toreinfahrt und der herrliche Krautsalat klebt an irgendwelchen fremden Anoraks. Neben mir steht passenderweise ein etwas älteres Paar mit einem Transparent: „Oma und Opa gegen G20". Ich will mich grade mit ihnen verbrüdern, da löst sich der Pfropfen schon wieder auf. Fehlalarm. Ich lasse mir von Oma und Opa weiterhelfen und muss doch etwas größere Umwege auf mich nehmen. Endlich komme ich ans andere Ende meiner Stresemannstraße und gehe ungefähr einen halben Kilometer, gut beschützt, an hunderten von

Polizeiwagen vorbei. Die meisten Polizisten stehen davor, bis obenhin mit schweren Westen bepackt und bewaffnet, schwitzen und warten und warten ... Ich weiß nicht, ob ich es mir einbilde, aber in vielen Gesichtern sehe ich nicht nur Frust und Langeweile, sondern auch Angst. Ich stelle mir vor, wie unangenehm es sein muss, nicht zu wissen, wann und wie man zugreifen muss.

Später, in meinem Hotelzimmer und wieder in Sicherheit, sehe ich bei N24, wie es in meiner Nachbarschaft zugeht. Ich höre die Gasflaschen im Feuer explodieren wie Bomben, leide mit den Anwohnern, die nur hoffen können, dass ihre Türen und Fenster heil bleiben und erfahre erst Stunden später, dass endlich geräumt wurde.

Allmählich werde ich müde, da bekomme ich es wieder mit der Angst zu tun, denn grölende Horden ziehen vor dem Hotel vorbei, schmeißen mit Böllern um sich und eine Weile lang glaube ich, dass das gläserne Entree des „Domicil" nicht standhalten wird. Tut es aber doch und ich schlafe ein.

Am nächsten Morgen bekomme ich kein Taxi. Ich muss zu Fuß durch die Straßen, die mit Scherben und Trümmern übersät sind. Ganze Familien räumen mit Schaufel und Besen auf. Herrchen und Frauchen tragen ihre Hunde, damit die sich nicht die Pfoten verletzen. Erschüttert bleibe ich vor dem REWE stehen, bei dem ich gestern noch Äpfel gekauft habe. Er ist völlig demoliert und ausgeplündert ...

Ich habe Glück, meine S-Bahn zum Bahnhof fährt, die Gegenrichtung ist von Demonstranten blockiert. Aus dem Fenster sehe ich vor dem Deichtor eine andere riesige Demo. Von weitem sieht sie beeindruckend und friedlich aus, was sie wohl auch ist, wie ich nachträglich erfahre.

Im Zug ist es ausnahmsweise ganz still. Die meisten Fahrgäste kommen von woanders her und lesen vielleicht in ihren Smartphones oder den Zeitungen über die Vorfälle gestern.

Auch ich werde in den nächsten Tagen und Wochen wohl von unendlich vielen Augenzeugenberichten, Analysen, Abwiegelungen oder Schuldzuweisungen lesen. Jede Seite wird versuchen zu beweisen, dass sie entweder schon im Vorfeld und auf jeden Fall im Nachhinein im Recht war. Und ich werde mit allen möglichen Leuten viele Gespräche über die Frage führen, woher dieser Hass, woher diese gnadenlose Lust am Zerstören kommt. ■

manchmal hab ich eine solche wut
daß es für keinen gut ist bei mir zu sein
grad dann bin ich nicht gern allein
denn wie bring ich meine wut los

das versteht jeder
denn jeder hat schon einmal eine wut gehabt
und manche haben auch verstanden
daß einer mit seiner wut nicht gern allein ist

die sind dann rasch weggegangen
oder sie sind bei ihm geblieben
vielleicht weil sie ihn lieben
aber sicher um ihm zu helfen
(manche sind dabei draufgegangen)

ERNST JANDL

14. KAPITEL

FLIGHT BA988 IS DELAYED OVERNIGHT.
THE FLIGHT WILL DEPART
NEXT MORNING
10.30., AIRPORT
CHECK-IN-COUNTERS WILL CLOSE AT 9.30.

BRITISH AIRWAYS APOLOGISES FOR THE DELAY.

FLIGHT BA988 / SITZ 23A / BERLIN TEGEL –
LONDON HEATHROW / KEIN TOMATENSAFT AN BORD

— Es war so schön in London. Zusammen mit Katharina bei herzerwärmenden Familientreffen unserer englischen Vettern und Cousinen.

Museumsbesuche, Bummeln, nicht nur in der glitzernden Oxfordstreet, köstliches Indian Food in Soho und kein einziger Auftritt. So ganz und gar allerdings konnte ich das Theater nicht draußen lassen. Ich fuhr mit der Underground bis „Hammersmith". Das ist ein Stadtteil, den ich seit meiner Rolle in Simon Stephens „Pornografie" schon immer mal sehen wollte. Das Stück handelt von einem Terroranschlag in der Londoner U-Bahn 2004, bzw. davon, wie er das Leben derer verändert hat, die nicht einmal selbst davon betroffen waren. Zwischen Solo- und Duo-Szenen spielte das Ensemble „U-Bahn fahren" und besonders häufig stiegen wir in Hammersmith um. Jetzt konnte ich also meinen Monolog an Ort und Stelle repetieren, wenn auch nur im Geiste ohne Zuschauer und ohne Nervosität. Am nächsten Abend, während des Rückfluges nach Berlin, wurde Literatur zu einem Stück Wirklichkeit: Wir waren schon in der Luft, ungefähr über Amsterdam, da teilte der Flugkapitän mit, wir müssten leider zurück nach Heathrow. In Spandau wurde eine Fliegerbombe entschärft, deshalb war Tegel geschlossen, Schönefeld komplett überlaufen, also keine Chance irgendwo zu landen.

Merkwürdig, wie anders die Passagiere im Flugzeug reagieren verglichen mit den Fahrgästen im Zug. Man stöhnt auf: "Oh no!" Eine

Dame hinter mir lacht ein bisschen hysterisch und ein bisschen zu lang, ansonsten Schweigen. Wir alle wissen, man kann nichts machen. Es hat keinen Sinn die Flugbegleiter zu beschimpfen. Wir müssen Gott ergeben Stunden und Stunden warten, bis wir endlich rausgelassen und nach weiteren Stunden in ein Hotel verfrachtet werden.

Und am nächsten Morgen geht das Leben, wie in Simon Stephens Stück, nach dem Zwischenfall ganz anders weiter. Wichtige Verabredungen sind geplatzt und manch einer muss seinen heimlichen Ausflug nach London gestehen. Die Hochschwangere von gestern abend ist nicht im Ersatzflieger, vielleicht ist ihr Baby nun in England statt in Berlin zur Welt gekommen. Ein „typischer" Engländer, der neben mir sitzt – er hat rötliche Haare, eine sehr helle Haut, ist in hellblauen Tweet gekleidet, befindet sich offensichtlich in großer Bedrängnis. Er spricht leise und distinguiert in sein Smartphone: "Oh yes, Colin, this unforseen disruption will cause big problems for us, I know it ... Yes ... Yes." Dann sagt er nichts mehr, hört zu und wird noch blasser als er schon war und ist doch von ausgesuchter Höflichkeit: "May I help you", sagte er beim Einsteigen in den Shuttle und: "Ladies first", beim Aussteigen später in Berlin, obwohl er da schon weiß, dass etwas ganz Wichtiges für ihn schiefgelaufen ist.

Ich, für meinen Teil, habe für ein paar Stunden Freundschaft mit einem Koreaner geschlossen. Er stand am Morgen nach unserer nächtlichen Rückkehr, noch unsicherer als ich, in der überfüllten Hotelhalle, auf der Suche nach Personal, das uns definitiv sagen könnte, ob und wie wir rechtzeitig zu unserem Ersatzflieger kommen. Als er bemerkte, dass ich etwas mehr verstand als er, schloss er sich mir an und beide ließen wir uns von einem smarten, ungemein seriös wirkenden Hotelangestellten, zu einem Taxi bringen. Der pakistanische Fahrer meinte: "God will help you" und da wurde mir schlagartig klar, dass Gott zumindest ihm geholfen hatte, und zwar in Gestalt seines Kumpels vom Service. Dann redeten wir über den Lauf der Welt und wie chaotisch sie ist, dass Flugzeuge mitten in der Luft umdrehen, dass Nordkorea Raketen abschießt und über die Kriege und den Kapitalismus ... Unser Chauffeur meinte, das alles sei die Strafe Gottes für die menschliche Zerstörungswut. Ich stimmte ihm zu. Der Koreaner lächelte freundlich. Schließlich ließen wir uns ein bisschen abzocken – die relativ kurze Fahrt kostete 25 Pfund – wir gaben 30, denn wir waren doch froh und friedlich gestimmt, weil es nun endlich – hopefully – nach Berlin gehen würde. Und geteiltes Glück ist schließlich doppeltes Glück.

Beim Warten auf den Securitycheck las ich einen Satz von Augustinus:

„Die Welt ist ein Buch, und wer nicht reist, der kennt nur eine Seite." ■

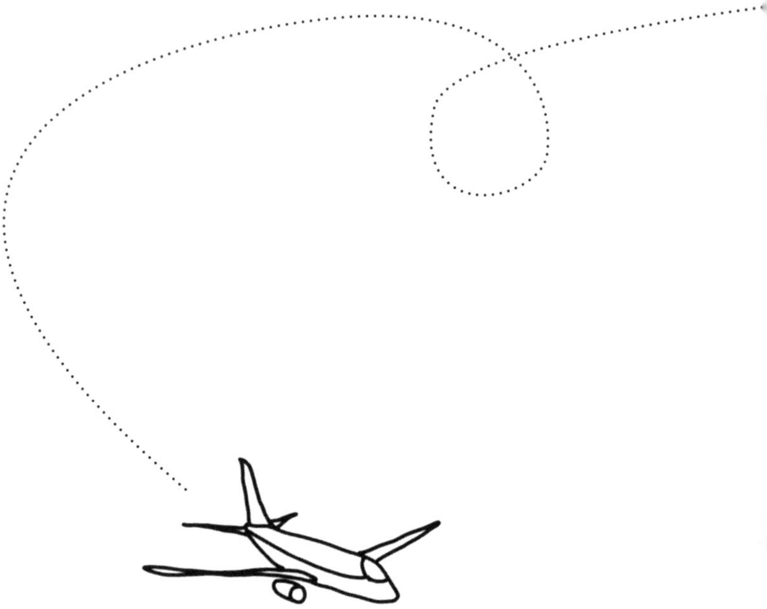

15. KAPITEL

SEHR GEEHRTE FAHRGÄSTE, AUFGRUND VON VERZÖGERUNGEN IM BETRIEBSABLAUF, VERLASSEN WIR HANAU MIT EINER VERSPÄTUNG VON 7 MINUTEN. WIR BITTEN UM ENTSCHULDIGUNG.

ICE 279 / WAGEN 12 / SITZ 20 / FULDA – KARLSRUHE / ES RIECHT NACH WURST

— Also diese sieben Minuten stören mich wirklich nicht, da ich wieder mal faszinierende Verhaltensstudien betreiben kann.

Es ist heute nicht besonders voll, trotzdem kommt es zu einem kleinen Stau. Der Zugang zum Großraumwagen wird zum Nadelöhr.

Gleich hinter der Tür steht vor dem ersten Zweiersitz ein dicker Mann mit voluminöser Reisetasche. Er wartet lächelnd darauf, dass die Dame, die sich da fälschlicherweise breitgemacht hat, ihm seinen reservierten Platz überlässt. Offensichtlich reizt sie sein überhebliches und siegessicheres Lächeln so sehr, dass sie ihn ihrerseits wegjagen will. Sie kramt aus ihrer Handtasche ihre Reservierung hervor, hält sie ihm triumphierend unter die Nase und behauptet ziemlich aggressiv, dass das, soweit ich das aus der Entfernung sehen kann, ihr Platz sei. Ist er aber nicht. Der Herr grinst weiter ungerührt, hinter ihm stehen

mindestens vier Menschen, die nicht an ihm vorbeikommen, weil er wirklich enorm dick, ja geradezu fett ist. Er bewegt sich keinen Millimeter, die hinter ihm Stehenden setzen ihre Koffer ab und warten. Ich bin verblüfft über ihre stoische Ruhe. In einem solchen Fall fängt doch normalerweise einer sofort an zu meckern: „Könnense vielleicht mal beiseite gehen? Oder sollen wir hier übernachten?" Und er müsste sich nur mit zwei Schritten in die nächste leere Sitzreihe quetschen, bis die Dame mit der falschen Waggonnummer endlich ihren Krempel beisammen hat. Aber er rührt sich nicht. Er ist im Recht, da beißt die Maus keinen Faden ab, auch wenn der Wagen beinahe leer ist. Ich bewundere die Höflichkeit der hinter ihm Wartenden. Falls irgendeiner von denen dasselbe denken sollte wie ich: „Mann, ist das ein Arschloch", dann kann derjenige sich wirklich perfekt beherrschen.

Die Dame kramt, seufzt und rollt die Augen, hat endlich alles zusammen und setzt sich ein bisschen weiter vorne wieder hin. Jetzt hievt der Dicke seine Reisetasche auf die Gepäckablage, sein breiter Rücken und sein Hintern verstopfen den Durchgang. Schwitzend zieht er seinen Mantel aus und legt ihn sorgfältig zusammen und dann ist es soweit – sowohl unser ICE, als auch der wohlerzogene Menschenzug können sich endlich in Bewegung setzen. Ich würde ja gerne wissen, was den Dicken so umtreibt.

Schaut euch nur die Wachtel an!
Trippelt aus dem dunklen Tann;
tut grad so, als sei sie wer.
Wachtel Wachtel täuscht sich sehr.

Wär sie hunderttausend Russen,
hätt den Vatikan zerschussen
und vom Papst befreit – ja dann:
Wachtel, Wachtel: Dschingiskhan.

Doch die Wachtel ist nur friedlich,
rundlich und unendlich niedlich;
sie erweckt nur Sympathie.
Weltmacht Wachtel wird sie nie.

F. W. BERNSTEIN

Heute möchte ich endlich mal mit „Anna Karenina" anfangen, einem meiner Lieblingsromane, der seit langer Zeit auf meiner Leseliste steht.

Ich lese den ersten Satz: „Alle glücklichen Familien gleichen einander, jede unglückliche Familie ist auf ihre eigene Weise unglücklich."

Da erreichen wir Frankfurt, eine zeternde Dame poltert in den Großraumwagen und schreit enerviert in ihr Telefon:

FRAU SCHMIDT-STÄBLEIN

„Nein! Nein! Hör doch auf! Ich kann es dir nicht sagen, wann ich ankomme, wir standen eben stundenlang am Bahnhof, weil mehrere Züge wegen Vandalismus ausgefallen sind. Das muss man sich mal vorstellen! Wegen Vandalismus! Jetzt sitz ich in der 1. Klasse, aber ich sage dir, wenn die mich hier rausschicken, dann erzähl ich denen was! Mir reicht's! ... Nein, mach was du willst. Du musst mich nicht abholen, ich weiß

doch selber nicht, wie's da in Karlsruhe weitergehen soll ... Ja, ja, das ist das letze Mal, dass ich mit der Bahn fahre. Vandalismus! Wo simmer denn! Wieso? Das hab ich dir doch vorhin erzählt: beide Wagen sind in der Reparatur, beim Audi hab ich hinten beim Einparken einen winzigen Kratzer reingemacht. Aber, du kennst ja den Martin ... sein heiliger Audi! Und beim Mercedes hat uns jemand in der Tiefgarage den rechten Rückspiegel abgefahren. Wir kommen aus der Oper und da hängt das ganze Teil nur noch an einem Kabel nach unten ...
Was? ... ‚Bohème' ... Ich denk, mich trifft der Schlag. Und das muss ja ein Theaterbesucher gewesen sein. Da denkt man, man ist unter kultivierten Menschen. Von wegen! Na ja und deswegen hab ich gedacht, fahr ich mit der Bahn. Es gab so ein günstiges Angebot, regulär kann man das ja gar nicht bezahlen. Und dann Vandalismus! Also, ich bin bedient. Das nächste Mal sag ich den Besuch einfach ab, wenn ich kein Auto habe. Das mach ich nicht noch mal mit."

„Sehr geehrte Fahrgäste, wir möchten Sie darauf aufmerksam machen, dass sich unser gastronomischer Service im Wagen 9 befindet, wo wir Sie gerne erwarten. Lassen Sie sich von unserem reichhaltigen Angebot überraschen."

Die Frau neben mir ist mir so unsympathisch, dass ich tatsächlich lieber ins Restaurant gehe, obwohl ich schon weiß, dass ich von den Angeboten nicht wirklich überrascht sein werde. Die feingliedrige alte Dame, die mir hier gegenübersitzt ist sehr gepflegt, sorgfältig geschminkt, türkisfarbener Lidschatten zum türkisen Kostüm und auf jeden Fall netter als die von vorhin. Wir lächeln uns kurz zu und vertiefen uns dann in die Karte.

„Ich muss nicht lange überlegen!",

teilt sie mir mit.

„Die meisten Gerichte kommen für mich nicht in Frage."

Sie wartet, bis ich „warum?" frage.

„Warum?"

„Ich bin Vegetarierin. Das kommt Ihnen wahrscheinlich seltsam vor."

„Nein, nein, durchaus nicht."

„Aber Sie werden es seltsam finden, wenn Sie erfahren, dass mein Mann Metzger war",

sagt sie listig und freut sich, dass sie mich

dazu gebracht hat, mich ihr etwas aufmerksamer zuzuwenden.

> „Ich fand das 60 Jahre lang ganz furchtbar!"

Aha, also ist sie mindestens 80 – und sieht so reizend aus, denke ich neidisch.

> „Furchtbar fand ich es. Aber wir hatten eine gute Ehe. Er war so ein liebevoller Mann. Leider ist er schon vor drei Jahren von mir gegangen. Er war eine Seele von Mensch und wir waren so gut wie nie getrennt. Nur wenn geschlachtet wurde, bin ich zu meinen Eltern gefahren – wir wohnten ja auf dem Land. Ich konnte das Geschrei der Schweine einfach nicht aushalten."
>
> „Haben Sie denn, als Ihr Mann noch lebte, Fleisch gegessen?"
>
> „Ja natürlich. Ich musste ja auch kochen. Und wenn besonders viel Betrieb war, meistens vor den Feiertagen, musste ich im Geschäft aushelfen und verkaufen.

Dieser Geruch! Dieser Geruch von dem toten Fleisch! Ich kann Ihnen sagen, davon wird mir heute noch schlecht, wenn ich daran nur denke."

„60 Jahre lang?",

frage ich entgeistert und denke, dass der Mann doch ein unsensibles Scheusal gewesen sein muss.

„Sie glauben jetzt sicher, dass mein Mann unsensibel war, aber das war er nicht. Das sind immer so Vorurteile gegen Metzger, aber er war sogar besonders liebevoll. Wenn es mir schlecht ging, dann meinte er, ich solle doch nach Hause gehen und mich hinlegen. Aber ich hab mich geschämt vor den Angestellten, und das hab ich ihm auch nicht antun wollen, dass die denken, er bevorzugt mich. Trotzdem war es schrecklich. Vor allem, wenn ich schwanger war, da hat es mich nämlich besonders angekotzt."

„Das glaube ich. Wie viele Kinder haben Sie denn?"

„Fünf."

„Oh Gott!"

„Das können Sie laut sagen",

lächelt sie und wird ein bisschen rot.

„Am schlimmsten war es, wenn sie die ‚Ahle Wurscht' gemacht haben."

„Ach, Sie kommen auch aus Kassel?"

„Ja, ja, aus Obervorschütz. Das ist in der Nähe."

„Kenn ich. In Niedervorschütz wohnt ein Musiker, der ein Studio hat, in dem ich meine CDs aufnehme."

„Und bei der ‚Ahlen Wurscht' ist es eben so, dass das Fleisch noch während der Schlachtung und der amtstierärztlichen

Beschau ausgeliefert werden muss – also warm!! – weil nur so die fleischeigenen Aromastoffe konserviert werden und deshalb kann man auf bestimmte Haltbarkeitszusätze wie z.B. Phosphat verzichten und die Gewürze kommen viel besser zur Geltung."

„Aha!"

„Ja, da staunen Sie jetzt, dass ich das auswendig daher sagen kann ... man lernt eben doch Einiges mit den Jahren. Und mein Mann hat mir das nämlich auch so gut erklärt. Normalerweise muss das frischgeschlachtete Fleisch auf Minus sieben Grad runtergekühlt werden, aber dann wird es starr und man muss künstliche Aromen und Bindemittel reintun. Und deswegen hat die Ahle Wurscht so ihren eigenen, besonderen Geschmack und ist so berühmt."

Eine Weile schweigen wir beide und denken wahrscheinlich gleichzeitig, dass wir sie trotzdem nicht mögen, diese nordhessische Delikatesse.

„Na ja und eben dieser warme Blutgeruch ... ich konnte nichts machen, ich musste mich andauernd übergeben. Aber ich wollte mich eben nicht aufspielen. Über mich haben sie schon in der Schule öfters gespottet, wenn es mir schlecht war, beim Turnen oder so. Haben gemeint, ob ich wohl was Besseres wäre und mir was einbilden würde auf meine schönen blonden Zöpfe und ob ich vielleicht eine Prinzessin sei? Wissen Sie, ich wollte nicht, dass die Angestellten von meinem Mann auch so daher reden und über uns lästern. Wenn ich nicht mitgemacht hätte im Geschäft, dann hätten sich bestimmt viele das Maul zerrissen und behauptet, bei denen stimmt was nicht. Er war doch so ein guter Mann! Das können Sie mir glauben."

„Ich kann es mir vorstellen. Allerdings hatte er an Ihnen auch einen ganz besonderen Goldschatz."

Wieder schweigen wir, ein bisschen verlegen, wegen meiner etwas übertriebenen Liebeserklärung. Dann kommt der Kellner und wir bestellen beide Gerstensalat mit Kürbis, Lauch und Cranberries. Tatsächlich ein überraschendes Angebot. Ehrlich gesagt hatte ich mit den Schwäbischen Maultaschen geliebäugelt. Die sind für mich eine wohlige Ulmer Kindheitserinnerung. Aber dann dachte ich an das Geschrei der Schweine in Obervorschütz und auch sonst überall in der Welt. Außerdem wollte ich meiner reizenden Tischnachbarin diesen Geruch nicht zumuten. Diesen warmen Geruch. ■

In einem Tal bei armen Hirten
erschien mit jedem jungen Jahr,
sobald die ersten Lerchen schwirrten,
ein Mädchen schön und wunderbar.

Sie war nicht in dem Tal geboren,
man wusste nicht, woher sie kam,
und schnell war ihre Spur verloren,
sobald das Mädchen Abschied nahm.

Beseligend war ihre Nähe,
und alle Herzen wurden weit,
doch eine Würde, eine Höhe
entfernte die Vertraulichkeit.

Sie brachte Blumen mit und Früchte,
gereift auf einer andern Flur,
in einem andern Sonnenlichte,
in einer glücklichern Natur.

Und teilte jedem eine Gabe,
dem Früchte, – jenem Blumen aus,
der Jüngling und der Greis am Stabe,
ein jeder ging beglückt nach Haus.

[...]

FRIEDRICH SCHILLER

16. KAPITEL

PÅ NOEN MINUTTER NÅR VI OSLO SENTRALSTASJON.

IN WENIGEN MINUTEN ERREICHEN WIR OSLO HAUPTBAHNHOF.

OSLO HAUPTBAHNHOF – ÅRVOLL / 60 SITZPLÄTZE / EIN NORWEGER OHNE MIGRATIONSHINTERGRUND

„Hei, vennligst bussen til Årvoll? Er det nr. 30 eller 32?"

„Nei, det er nr 31."

„Tusen takk!"

Ausgerechnet um 16 Uhr zur Rushhour steigen Erich und ich bei der Sentral Stasjon in den Bus, der uns in den hübschen Villenvorort bringen soll, in dem unsere Freunde wohnen.

„To honnör", „zwei Tickets für Rentner", sagt Erich und legt die abgezählten 56 Kronen hin. „God tur" wünscht uns grinsend der pakistanische Busfahrer, denn wir stehen so eng, dass man sich gar nicht mehr festhalten muss. Man könnte nicht umfallen, trotzdem sollen wir ein bisschen vorrücken: „Vil dere gjerne går fram litt", ruft der Fahrer. Erich quetscht sich neben eine Frau auf einen dieser eineinhalb großen Sitze. Sie ist etwas irritiert. Ich schaue weg und tue so, als würde ich Erich nicht kennen. Normalerweise würde er mir in einer solchen Situation den Vortritt lassen, aber ich würde da schlichtweg nicht hinpassen. Nach zwei Stationen, während wir alle durch die Neueinsteigenden weiter geschoben werden, überlässt mir ein Somalier den Platz. Ich steige über eine sehr dunkelhäutige Inderin, versuche nicht in ihre Einkaufstaschen zu treten. Eine Iranerin mit Kopftuch stapelt ihre beiden Kinder übereinander und wir lächeln uns zu. Kinder und volle Einkaufstüten machen uns Frauen alle gleich. Ein Schwarzafrikaner teilt in astreinem Norwegisch seiner Wohngemeinschaft mit, was er alles eingekauft hat, sie müssten nur noch Kaffee besorgen, den hätte er vergessen. Beim nächsten Stopp – Trondheimsveien – wird die Menschenmasse im Gang weitergeschoben und der Anführer einer deutschen Reisegruppe erklärt uns: „Die neue, sogenannte Oslo Skyline, die Sie da vorhin sehen konnten, ist übrigens komplett von den Russen erbaut worden."

„Stimmt das?" frage ich abends unseren Freund Iver. Er ist beinahe beleidigt. „Natürlich nicht! So ein Blödsinn!"

Der Klugscheißer im Bus konnte mich allerdings nicht allzu lange verwirren, denn bei der Station „Aker Sykehus" stieg eine große Gruppe junger Japaner zu, die noch lauter war als er und eben vielstimmiger. Sie unterhielten sich sehr angeregt und falls sie auch Fake News verbreiteten, so klangen die auf japanisch doch gleich viel unterhaltsamer.

Endlich, nach einer halben Stunde, im „Årvollsenter" angekommen, wuchten wir den Kinderwagen einer hübschen Frau in bunten Gewändern und Turban aus dem Bus. Sie erinnert mich an eine Freundin in Bamako. „D'ou venez vous?", traue ich mich sie zu fragen und tatsächlich, sie kommt aus Mali und freut sich von mir zu hören, dass ich auch schon in ihrem schönen Land war.

BRRRRR, BRRRRR
JEG HAR GLEMT KAFFE.
SORE WA SUBARASHĪ HANASHIDESHITA!
ILS FILENT, LES ASIATIQUES!

„Klar, dass du nur solche Erlebnisse hattest", spottet unsere Freundin Ragnhild, die so bewundernswert gut Deutsch spricht, dass sie richtig loslegen kann. „Du träumst dir die Welt friedlich und multikulturell, und als Schauspielerin kannst du dir das ja auch leisten. Sicher, mir macht auch manchmal ein Somalier Platz, aber viel öfter bleiben diese Machos ungerührt sitzen. Und auch wenn die pakistanischen Busfahrer mal einen kleinen Scherz machen sollten, als Väter der Kinder in meiner Schule sind sie einfach nur unverschämt. Sie weigern sich mit mir zu reden, zwingen ihren Töchtern das Kopftuch auf und verbieten ihnen, mit uns schwimmen zu gehen oder gar einen Ausflug zu machen. Und ich denke gar nicht daran, mir das gefallen zu lassen. Ich bin Norwegerin und keine unterdrückte Muslima, woher auch immer."

Wir essen Rentiergulasch und zum Nachtisch gibt es persischen Reispudding mit Granatapfel-Sirup.

Ich weiß keine beruhigende Antwort, so etwa in dem Sinne, das wird mit den Jahren schon von ganz alleine besser werden ... Und ich bin froh, dass Erich, um seine Norwegisch-Kenntnisse wieder aufzufrischen, ausführlich von unserem Besuch im Munch Museum berichtet. ■

17. KAPITEL

DEAR PASSENGERS, WE APOLOGIZE FOR ANY INCONVENIENCE.

ICE 000 / WAGEN 0 / SITZ 0 / IRGENDWO – ZUHAUSE / DURCHDRINGENDER PARFUMGERUCH

— Ist ja schon gut, ich gebe es zu, ich lebe im Luxus mit meiner BahnCard 100 First. Deswegen bin ich auch nicht so kleinlich, der Bahn jede Minute Verspätung übel zu nehmen. Die armen Leute, die in Braunschweig aussteigen wollten, müssen halt schon in Hildesheim raus und mit dem Bus weiterfahren ... Mich stört das weniger, nur der grauhaarige Kellner, der nun schon zum dritten Mal an mir vorbeigeht, tut mir Leid. Ich würde furchtbar gerne wissen, was ihn so bedrückt.

Er ist tief über das voll beladene Tablett gebeugt. Der Zug wackelt ziemlich und er muss balancieren und sich konzentrieren, aber das kann nicht der einzige Grund für seine gekrümmte Haltung sein. Auf jeden Fall sieht er müde aus. Vielleicht gab es zu Hause Ärger oder einfach nur Stillstand: Die Kinder sind schon lange weg, mit der Frau hat er sich auseinander gelebt. Immer schon hatten beide unterschiedliche Schichten, gaben sich die Klinke in die Hand und hatten sich irgendwann nichts mehr zu sagen. Die Fahrgäste öden ihn an, aber er regt sich nicht einmal mehr über die Koffer auf, die ihm im Weg stehen. Er schaut nur mit gesenktem Kopf auf den Gang vor ihm, den er heute bestimmt schon hundert Mal auf- und ablaufen musste.

Wir stehen wieder, ich schaue aus dem Fenster „Ghotel and living" steht auf dem ehemaligen Ibis und ich verstehe partout nicht, was der tiefere Sinn dieses Schwachsinns sein soll.

Mir gegenüber sitzt eine Dame in elegantem schwarzen Anzug, mit heller Bluse und bildschönen Wildleder-Pumps.

Ihre halblangen, grau gesprenkelten Haare allerdings sind erstaunlich ungestylt und hängen einfach so runter. Das etwas faltige, wahrscheinlich 50-jährige Gesicht ist ungeschminkt. Ihr schmaler Mund bewegt sich beim Telefonieren kaum. Sie blättert in einer Akte vor und zurück, stellt lustlos leise präzise Fragen und Anweisungen und spricht dabei so eintönig und nölig, dass ich fast eine Wut bekomme. Dabei stört sie niemanden, sie ist wirklich diskret, aber dieser gleichmäßig beleidigt verhaltene Ton sägt sich so stetig in meine Nerven.

FRAU DR. SCHWARZE

„Bist du da sicher? ... Also hör mal, das sollte eigentlich nicht vorkommen, das ist doch irreführend, wenn die Untersuchernummern nicht einheitlich koordiniert sind. Das ist doch suboptimal, wenn die da die gleichen Nummern an verschiedene Leute gegeben haben ...

Was? ... Nee, ich bin mir da hundertprozentig sicher: die Nummern fangen alle mit 10 an und sind fünfstellig, also das können gar nicht die original Untersuchernummern sein."

Sie trinkt einen Schluck Wasser. Der Zug steht immer noch. Es stürmt eine Gruppe laut lachender Frauen herein:

„Sind die Plätze noch frei? Wir sind evakuiert worden. Ha ha ha, die haben uns aus unserem Zug einfach rausgeschmissen. Ha ha ha. Technische Störung. Ha ha ha! Wir bleiben jetzt einfach hier, auch ohne 1. Klasse-Fahrschein ... die können uns mal! Ha ha ha!"

„Sehr geehrte Fahrgäste, unsere Weiterfahrt verzögert sich noch um einige Zeit, da das vor uns liegende Gleis noch blockiert ist. Wir bitten, diesen Umstand zu entschuldigen." Während die Gruppe losprustet, arbeitet die elegante Dame unverdrossen weiter.

„Okay. Trotzdem danke für deine Analyse, aber ich komme im Moment nicht weiter. Das Wichtigste ist eben, dass wir ein Konzentrat rausnehmen für den Vortrag."

Sie blättert missmutig hin und her.

„Ach! Aha! Wo sind denn die Wartezeiten? Die müssten da doch auch drin sein ... Mmhm. Ich such übrigens auch die Tabelle, wo man die Blutdruckwerte sieht ... Ach so, weiter hinten. Mmhm. Und Männlein- und Weiblein-Aufteilung wär ja auch nicht schlecht. Im Bericht kann man's dann ja wieder nebeneinanderstellen."

Der Zug fährt los. Zwei ganz Lustige aus der Gruppe:

„Jetzt fährt er."

„Fragt sich nur wie lang, ha ha ha."

Die grau gesprenkelte Dame verzieht keine Miene und blättert stoisch hin und her:

„Du, das ist eine Katastrophe, wer hat denn dieses Durcheinander zu verantworten? ... Was? Die? Das ist ja unglaublich! Also, ich leg das jetzt weg, das ist völlig sinnlos, wir reden da morgen drüber. Dank dir trotzdem für deine Mühe. Ja, bis morgen."

Sie legt auf, holt aus ihrer schicken Tasche eine uralte, ehemals rosafarbene Tupperdose, holt eine dicke Blutwurststulle und eine noch dickere saure Gurke heraus und stopft nach jedem Bissen fein geschnittene Gemüsezwiebeln nach. Dann leckt sie die Finger ab, tippt auf dem Handy eine Nummer ein und strahlt übers ganze Gesicht als sich gleich jemand meldet. Auf einmal sieht sie fast wie ein junges Mädchen aus, kichert, fährt sich mit den fettigen Fingern andauernd durch die Haare und spricht ... polnisch! Ach so, dann heißt sie nicht Frau Dr. Schwarze, sondern Frau Dr. Wiśniewski.

Ein Jammer! Ich verstehe nichts und wüsste so gern, wer da dran ist und ihr diesen nicht enden wollenden wohl klingenden Wortschwall entlockt. Aber trotz meiner Enttäuschung bin ich zufrieden, dass unsere gemeinsame Fahrt so positiv endet. Die evakuierte Frauentruppe hat sich auch eingekriegt. Der Zug fährt rasend schnell, versucht alles wieder gut zu machen und die verlorene Zeit einzuholen. Es wird ihm nicht gelingen.

Die Zeit steht still.
Wir sind es, die vergehen.
Und doch, wenn wir im Zug vorüberwehen,
scheint Haus und Feld und Herden,
die da grasen,
wie ein Phantom an uns vorbeizurasen.
Da winkt uns wer und schwindet
wie im Traum,
mit Haus und Feld,
Laternenpfahl und Baum.

So weht wohl auch die Landschaft
unsres Lebens
an uns vorbei zu einem andern Stern
und ist im Nahekommen uns schon fern.
Sie anzuhalten suchen wir vergebens
und wissen wohl, dies alles ist nur Trug.

Die Landschaft bleibt, indessen unser Zug
zurücklegt die ihm zugemessnen Meilen.

Die Zeit steht still. Wir sind es, die
enteilen.

MASCHA KALÉKO

LETZTES KAPITEL

VEREHRTE FAHRGÄSTE, AUFGRUND FEHLENDER UNTERLAGEN, DIE FÜR DIE FORTFÜHRUNG UNSERER REISE UNUMGÄNGLICH SIND, WIRD SICH UNSERE WEITERFAHRT UM

UNBESTIMMTE ZEIT

VERZÖGERN. UNSER ZUGFÜHRER HAT SICH NUN SELBST AUF DEN WEG GEMACHT, UM DIE UNTERLAGEN SCHNELLSTMÖGLICH BEI ZU BRINGEN. WIR BITTEN UM IHR VERSTÄNDNIS UND UM ETWAS GEDULD.

ICE 538 / WAGEN 12 / SITZ 20 / INGOLSTADT – KASSEL-WILHELMSHÖHE / ALLGEMEIN GUTE STIMMUNG

— Enorme Heiterkeit im Großraumwagen. Eine weißhaarige Dame neben mir lacht am lautesten und sagt: „Das ist die sensationellste Ansage, die ich seit langem gehört habe!"

Ein Baby, zwei Reihen vor uns, quietscht vergnügt, weil auf einmal alle so lustig sind. „Nicht wahr, mein Kleiner?", gluckst die alte Dame, „man muss nur oft genug mit der Eisenbahn fahren, dann erlebt man so komische Sachen!"

„Da hamse recht!", mischt sich hinter uns ein Herr ein: „Ich kenne auch noch eine gute Entschuldigung: ‚Sehr geehrte Damen und Herren, bitte verzeihen Sie die Verzögerung, wir warten auf unseren Lokführer. Er kommt mit einem Zug, der leider 30 Minuten Verspätung hat.'"

Wir stehen und stehen ... das Gelächter ist langsam verebbt. Ich stelle mir den rennenden Zugführer vor, aber wohin läuft er? Ist es so ein Bahnhofsgebäude wie das in Wolfhagen, hinterm Burger King und neben dem Schrottplatz oder sieht es aus wie Kafkas Schloss und ist so unergründlich, dass er mit den Unterlagen den Weg nach draußen nicht mehr findet?

Ich fühle mit ihm, weil ich denke, dass es ihm so geht wie mir in meinen seit Jahrzehnten immer wiederkehrenden Träumen. Ich werde zur Bühne gerufen: „Frau Wackernagel, bitte!", ich kontrolliere noch kurz meine Requisiten und

gehe los. Auf einmal bemerke ich, dass ich das Theater gar nicht kenne. Völlig unbekannte lange, dunkle Gänge liegen vor mir. Ich scheine mich in der Unterbühne zu befinden, aber in welchem Haus? Und in welchem Stück? Auf jeden Fall muss ich wohl vorne rechts vom Zuschauerraum aus gesehen durch eine Luke nach oben klettern. Also handelt es sich vielleicht um einen Shakespeare – oder ein Märchen? Aber wo ist hier rechts und links, geschweige denn vorne oder hinten? Die Gänge werden immer länger, schmaler und dunkler. Obwohl ich mich meilenweit von der Bühne entfernt fühle, höre ich die immer dringlicher werdende Ansage der Inspizientin laut und deutlich: „Frau Wackernagel, bitte!" Ich versuche ganz cool zu recherchieren, es ist eine Inspizientin, aha. Kein Mann. Also vielleicht Iris. Das wäre dann Hannover. Oder Marianne? Nein, das war die Souffleuse in Stuttgart. Marita! Marita Meretzki! Kooool! Aber die lebt ja gar nicht mehr. Ich war doch schon vor ein paar Jahren bei ihrem Begräbnis.

Irgendwann wache ich glücklicherweise immer auf. Und auch der Lokführer rennt natürlich nicht in irgendeinem Schloss herum, sondern ist sicherlich gleich zurück. Wir fahren bestimmt gleich weiter und bald bin ich dort, wo ich hin will.

Da warten sie auf mich und wenn ich umständlich beginne zu erklären, weshalb ich zu spät bin, sagen sie: „Das ist doch egal, hauptsache, du bist da". ■

Ein Fichtenbaum steht einsam
im Norden auf kahler Höh',
Ihn schläfert; mit weißer Decke
umhüllen ihn Eis und Schnee.

Er träumt von einer Palme,
die, fern im Morgenland,
einsam und schweigend trauert
auf brennender Felsenwand.

HEINRICH HEINE

GEDICHTEVERZEICHNIS

IM MARTIN SCHMITZ VERLAG SIND ERSCHIENEN:

Frank Behnke/Klaus Beyer
Guðbergur Bergsson
Tabea Blumenschein
Marc Brandenburg
Andreas Brandolini
Jörg Buttgereit
Frieder Butzmann
Annemarie Burckhardt
Lucius Burckhardt
Paul Cabine
Françoise Cactus
Die Tödliche Doris
Heinz Emigholz
Valeska Gert
Brezel Göring
Ogar Grafe
Volker Hauptvogel
D. Holland-Moritz
Derek Jarman
Christian Keßler
Rosa von Praunheim
Elfi Mikesch
Wolfgang Müller
Claudia Reichardt/Wanda
Kai Sichtermann/Jens Johler
Jacek Slaski
Marcus Stiglegger
Wenzel Storch
Anja Teske
Jamal Tuschick
Christof Wackernagel
Sabine Wackernagel